KB112371

인생은
깡으로
사는 거야

인생은 깡으로 사는 거야

발행일 2020년 7월 16일

지은이 송하진
펴낸이 손형국
펴낸곳 (주)북랩
편집인 선일영 편집 강대건, 윤성아, 최예은, 최승헌, 이예지
디자인 이현수, 한수희, 김민하, 김윤주, 허지혜 제작 박기성, 황동현, 구성우, 권태련
마케팅 김회란, 박진관, 장은별
출판등록 2004. 12. 1(제2012-000051호)
주소 서울특별시 금천구 가산디지털 1로 168, 우림라이온스밸리 B동 B113~114호, C동 B101호
홈페이지 www.book.co.kr
전화번호 (02)2026-5777 팩스 (02)2026-5747

ISBN 979-11-6539-314-4 03810 (종이책) 979-11-6539-315-1 05810 (전자책)

이 도서의 국립중앙도서관 출판예정도서목록(CIP)은 서지정보유통지원시스템 홈페이지(http://seoji.nl.go.kr)와
국가자료공동목록시스템(http://www.nl.go.kr/kolisnet)에서 이용하실 수 있습니다.
(CIP제어번호: CIP2020028866)

지루한 일상에 날리는
통쾌한 한 방

인생은 깡으로 사는 거야

송하진 에세이

북랩 book Lab

프/롤/로/그

나는 성공만 한다

오래 산 인생은 아니지만, 어느새 불혹(不惑)의 나이인 40세가 훌쩍 넘어 버렸다. 살아가면서 일어나는 일들에 대해 흔들려서는 안 된다. 그러나 나는 지금도 하루에 수십 번씩 마음이 왔다 갔다 하고, 여기저기 일어나는 일들에 정신을 차릴 수가 없을 정도로 흔들리면서 살아가고 있다. 이것은 바로 내가 인생을 제대로 즐길 수 있는 출발점이 되었고, 내가 인생을 깡으로 사는 이유가 되었다. 흔들리지 않고 자라난 꽃이 없듯이 사람도 살아가면서 흔들려야 한다. 그래야 이쪽으로도 살아 보고 저쪽으로도 살아 볼 수가 있다. 생각만 해도 얼마나 즐거운 일인가? 한 번뿐인 나의 인생을 직진으로만 살고 싶지 않았다. 골목길로도 가 보고, 돌아서도 가 보고, 가끔은 고속 도로도 가면서 살고 싶었다. 나는 지금도 이렇게 살고 있다.

인생을 살면서 가장 운이 좋았던 것을 한 가지만 말하라고 한다면 나는 대한민국에 태어난 것이 가장 큰 축복이자 행운이라고 자신 있게 말할 수 있다. 여러 가지 이유가 있겠지만 내가 경험한 대한민국은 '흙수저'로 태어난 사람이나 '은수저'나 '금수저'로 태어난 사람이나 심지어 아무 수저도 가지고 태어나지 않은 사람이나 출신 따위는 전혀 상관없이 마음만 먹으면 무엇이든지 할 수가 있는, 기회가 무궁무진한 나라이기 때문이다. 이런 의미에서 나는 가장 큰 혜택을 받고 태어났음에 틀림이 없다.

인생을 제대로 살고 싶다면 이것만 기억하면 된다.

첫째, 호기심(be curious)을 가져라.

둘째, 헝그리 정신(hungry 精神)을 유지하라.

셋째, 자신감(be confidence)을 가지고 끊임없이 도전하라(be challenge).

마지막으로 가장 중요한 것은 자기도취이다.

인생에 있어 나와 관련된 모든 것에 호기심을 가지면 매 순간이 재미있다. 호기심의 대상은 어느 한 가지에 제한을 두어서는 안 된다. 아침에 일어나서 밤에 잠자리에 들 때까지, 아니 잠을 자면서도 호기심을 가지라고 말하고 싶다. 내가 살아 본 인생은, 그리고 지금도 살아가고 있는 나의 인생은 호기심만 가지고 있으면 뭐든지 상상할 수 있고, 뭐든지 할 수 있으며, 뭐든지 이뤄낼 수 있다. 다시 말하면 나는 이렇게 살아왔고, 이렇게 살고 있으며, 앞으로도 이렇게 살아갈 것이다. 왜냐하면 이렇게 살면 사는 게 참 재미있기 때문이다.

헝그리 정신을 내가 살고 있는 삶에 비추어 내 방식대로 해석하면, '어떠한 상황에서도 배고픔을 유지하라.' 정도로 표현할 수 있다. 사람은 생김새가 다를 뿐 기본적으로 다 똑같다고 생각한다. 배고픔을 유지하라는 것은 다시 말하자면 배부르게 살지 말라는 것이다. 배가 부르면 행동이 느려지고 생각의 속도가 느슨해질 뿐만 아니라 감사함의 정도가 줄어들고 삶을 바라보는 태도가 적극적이지 못하게 된다. 배고프면 사람이 겸손해지고 매 순간 감사할 줄 알며, 자연스럽게 바른 태도를 유지할 수 있게 된다. 이는 살아가면서 만나는 사람들과의 관계와 밀접한 관련이 있다.

자신감을 가지고 살라는 얘기를 여기저기서 많이 들었을 것이다. 자신감은 살아가면서 나름대로 생각한 것에 도전하기 위한 전초 단계의 마음가짐이라 생각한다. 더 나아가 이렇게 말하고 싶다. 사람은 '깡'을 가지고 버티며 살아야 한다. 실력이 조금 부족해도, 가진 게 조금 없다고 해도 악착같이 도전하고 버텨야 한다. 그래도 실패하면 다시 깡을 가지고 도전하면 된다. 그게 삶이다. 나는 지식도 부족하고 가진 것도 별로 없이 살고 있지만, 깡을 가지고 끊임없이 도전해서 성공도 해 봤고 실패도 해 봤다. 성공하면 기뻤고 실패하면 슬펐다. 그런데 신기하게도 시간이 흐르고 나면 성공과 실패가 인생 전체로 봤을 때 똑같다는 것을 깨달았다. 다시 말하면 성공과 실패는 위아래도 아니고 동전의 양면도 아니며 기쁨과 슬픔도 아니다. 이 둘을 같은 의미라고 봐도 좋다. 이렇게 말하면 이상하게 생각할지 모르겠지만 계속 도전하면 실패가 있을 수 없다. 성공할 때까지 도전하면 된다. 사람마다 생각하는 성공의 의미는 다르겠지만 내가 생각하는 성공과 실패의 의미는 하나다.

마지막으로 명언을 남기고 싶다. 인생은 자기도취로 사는 거다. 자기도취를 풀어서 말해 보면 '자기 자신을 최고로 사랑하고 자기가 최고로 잘났다고 스스로에게 칭찬하고 말하라.'라는 뜻이다. 진정으로 인생을 제대로 즐기고 싶다면 이 명언을 꼭 기억하자. 혼자 있을 때 크게 소리 내어 자기도취하면 매일매일이 즐겁고 살아가는 데 아주 큰 도움이 될 것이다. 그리고 기억하라. 내 인생이 즐거워야 내 옆 사람의 인생도 즐겁고, 내가 있어야 남도 있다.

2020년 7월

지금도 깡으로 살고 있는 송하진 씀

/ 차례 /

2장 헝그리 정신의 힘

3장 자신감과 도전의 힘

5장 Cheer up!

1장

호기심의 힘

아무도 없네

눈을 감고 가만히 생각해 보았다. 내가 기억할 수 있는 내 인생의 첫 번째 사진이 무엇이지? 생각하고 또 생각해 보았다. 내가 처음에 엄마 배 속에 있을 때던가? 세상 밖으로 나왔을 때, 울음을 터뜨렸던 그 순간이던가? 아니면 배냇저고리를 입고 포근하게 자고 있을 때던가? 기억에 기억을 더듬고 생각하고 또 생각해 보았다.

내 인생의 첫 사진은 바로 정확히 몇 살 때였는지 생각이 나지는 않지만, 반지하 단칸방에서 혼자 자고 있다가 깨어났을 때였다. 좀 더 기억을 더듬어 그 사진을 묘사해 보면 나는 방 한가운데에서 반바지와 반팔을 입고 있었고 일반 수건보다는 조금 더 큰 고동색 수건을 덮고 있었으며, 방에는 TV와 옷장 그리고 수북이 쌓인 옷가지들이 있었다. 수건을 덮고 자고 있었던 것으로 보아 5살 전후가 아니었나 싶다.

그럼 그다음 기억된 삶의 사진은 무엇이지? 역시나 비슷한 사진이 떠올랐다. 방 한가운데에서 혼자 자고 있다가 깨어난 모습이었다. 그때 당시에 아빠와 엄마는 일을 하러 나가셨을 것이고 누나들은 학교에 갔을 것이다.

생각해 보면 이때부터 내가 바라보고 내가 살아가야 할 나의 세상이 시작되었고 주변 모든 것에 대한 나의 호기심이 시작되었음에 틀림이 없는 것 같다. 어린 나이에 잠에서 깨어나면 아무도 없었고 집에는 온갖 신기한 물건들로 가득 차 있었으니 모든 것이 신기한 장난감이었으며, 모든 것이 나를 궁금하게 만들었고, 모든 것이 나의 호기심을 자극하기에 충분했다.

어린 나이에 혼자 집에 있었으니 외로움이 뭔지도 몰랐을 것이고 그보다 무서움이 앞섰을 것이다. 그 무서움을 달래기 위해 집에 있는 모든 물건과 친구가 되어야 했고 만져 보고 입어 보고 먹어 보았을 것이다. 시간이 흐르니 무서움은 어느덧 사라지고 잠이 들기 싫었고 잠자는 시간이 아까워 빨리 깨어나고 싶었을 것이다. 눈만 뜨면 나의 친구들이 나를 기다리고 있었을 테니까 말이다. 그리고 그 친구들은 내가 이렇게 하든 저렇게 하든 아무런 말도 하지 않고 내가 하는 대로 무조건 따랐다.

옷장에 들어가서 포근한 이불을 덮고 누워 도란도란 이야기도 나누고 옷장 맨 위에 올라가 방바닥에 이불을 깔아 놓고 "나는 슈퍼맨이다!"라고 소리치며 뛰어내리고 다시 올라가기를 반복했다. 여기가 집인지 놀이공원인지 구분할 필요가 없었고, 어느 친구와 놀아도 다 내가 하자는 대로 했다.

'내일은 TV 친구와 놀아야지.'라며 이것도 틀어 보고 저것도 틀어 보았다. '이 친구는 참 재미있네. 여기를 틀면 만화영화가 나오고 저기를 틀면 노래가 나오네.' 한참을 놀다가 덥거나 땀이 나면 선풍기를 틀어 놓고 얼굴을 가까이에 대고 '아아'라고 소리를 내면 마치 산 정상에 올라 큰 소리로 말하면 메아리가 울리는 것처럼 짜릿하고 재미있었다. 그래도 땀이 가시지 않으면 이번에는 냉장고 친구의 도움을 얻고자 냉장고 문을 열고 몸을 최대한 굽혀 냉장고 안에 들어가 잠시 앉아 있으면 마치 워터 파크에 온 것 같았다. 시원한 에어컨을 틀어 놓고 룰루랄라 시원한 바람을 맞고 있는 것 같기도 하고 그 순간은 세상 부러운 것이 하나도 없었다.

가끔 냉장고 문을 계속 열어 놓고 있으면 친구가 아픈 건지 화가 난 건지 '삑삑'하는 소리를 내곤 했는데, 그러면 나도 덩달아 무서워져 냉장고 문을 잠시 닫았다가 다시 열었다. 그러면 냉장고 친구가 다시 반갑게 맞아 주곤 했다.

한참을 친구들과 놀다가 배가 고프면 냉장고 친구에게 도움을 요청했다.

"친구야, 나 배가 고픈데 뭐 먹을 거 없어? 나 배고파."

그러면 냉장고 친구가 말했다.

"하진아, 맨 위 칸에 우유도 있고 빵도 있어. 그리고 아래 칸에는 과일도 있을 거야. 이거 먹어."

친절하게 먹을 것을 주었다. 참 고마웠던 것은 방 안에 있는 모든 나의 친구는 내가 하자는 대로 다 해 주고 잠도 재워 주고 먹을 것도 주고 같이 놀아 주는데 나에게 아무것도 바라지 않고 언제라도 나를 반갑게 맞아 주었다는 것이다.

그렇게 친구들과 재미나게 시간을 보내고 한참을 놀다 보면 누나가 오거나 엄마가 왔다. 그러면 나는 친구들과 미소를 지으며 속으로 이따가 다시 만나자고 하거나 '오늘 나랑 놀아 줘서 고마웠어. 내일 또 즐겁게 놀자. 친구들아 잘자!'라며 무언의 교감을 했다. 그렇게 친구들과의 추억을 쌓았다.

누나나 엄마가 집에 오는 순간 나는 친구들과 아무 일도 없었다는 듯이 모든 것을 멈추었다. "하진아 오늘 뭐 하고 놀았니? 심심하지 않았니?"라고 물어보면 "아니요. 재미있게 놀았어요. 그런데 어떻게 재미있게 놀았는지는 비밀이에요."라고 말했다.

이런 환경을 만들어 주신 우리 부모님께 어떻게 감사의 마음을 표현해야 할지 모르겠다. 교육 채널이나 뉴스를 보면 아이들의 성장 환경은 태아부터 형성된다고 하는 전문가들도 있고 초등학교 들어가기 전이 가장 중요한 시기라고 하는 전문가들도 있다. 어찌되었건 나는 내 인생에서 가장 중요한 시기에 이렇게 멋진 환경을 만들어 주신 나의 가족, 나의 부모님께 진심으로 다시 한번 감사를 드린다. 나는 이때부터 호기심이 생겼고 독립심과 자립심 그리고 제일 중요한 친구들을 사귀는 방법을 스스로 터득했으니 말이다. 나는 최고의 부모님을 만났고 최고의 환경에서 자랐다.

앗 뜨거워!

모처럼 온 가족이 다 모였다. 생각해 보면 누나 중 한 명의 생일이었던 것 같기도 하고, 엄마가 기분이 좋은 일이 있으셨던 것 같기도 한 날이었다. 이러나 저러나 나는 내 곁에서 항상 나를 반겨주고 있는 나의 친구들과 함께 매일이 즐거웠고 매 순간이 나의 생일이요, 나의 날이었다.

온 가족이 웃으며 대화하는데 엄마가 커다란 냄비 같은 곳에 김이 모락모락 나고 맛있게도 생긴 떡볶이를 한가득 해 오셨다. 누가 보면 양이 엄청나게 많을 것 같지만 우리 가족은 부모님과 누나 셋 그리고 나까지 모두 6명인 대가족이었다. 그래서 어지간해서는 온 가족의 양을 채우지 못했고, 게다가 모두 식성이 좋아서 음식의 질보다는 양적 행복을 느끼면서 살아야 했다. 입에서는 이미 침이 솟고 있었으며, 누나들과 나는 그 무렵 서로가 서로를 견제하듯이 눈빛으로 강한 레이저를 주고받고 있었다.

나는 이미 나의 친구들과 인생의 경험을 충분히 했던 터라 순간

'아빠에게 제가 먼저 아주 아주 많이 먹게 해 주세요.'라는 신호를 보내고 있었다. 그러면서 아주 자연스럽게 나는 아빠의 무릎으로 이동하였다. 그 순간 누나들이 일제히 나를 째려보기 시작했지만, 나는 아랑곳하지 않고 애써 누나들의 눈을 피했다. 목표가 정해졌으면 그냥 하는 거다. '못 먹어도 간다.'가 아니라 나는 '무조건 한다.'다.

그리고 순간적으로 나의 호기심이 다시 작동하기 시작하였다. 저 떡볶이는 무엇으로 만들어졌을까? 떡볶이는 왜 빨갛지? 저 냄비에 있는 떡볶이 떡은 전부 몇 개일까? 꼬리에 꼬리를 무는 호기심이 생겼고 지금 당장 해결할 수 있는 나의 호기심은 '근데 저거 많이 뜨거울까?'라는 것이었다. 그리고 빛의 속도로 손을 냄비 안에 넣었고, 냄비가 나를 향해 쏟아지면서 내 몸도 떡볶이와 하나가 되었다. "앗 뜨거워!"라는 소리와 함께 그 아픔을 참을 수 없어 울고불고했다. 나의 호기심 덕분에 즐거운 우리 가족의 떡볶이 파티는 아수라장이 되었지만 그래도 나는 호기심 하나는 정확히 해결했다. 김이 모락모락 나는 떡볶이는 내가 생각하는 것 이상으로 아주아주 뜨겁다는 것…. 그리고 다시는 무모한 경험을 하지 않았다. 이미 호기심을 해결했으므로, 그리고 경험했으므로.

사람 살려요!

아주 무더웠던 여름이었다. 큼지막한 수건을 덮고 잠에서 깨어나는 순간 나의 호기심이 다시 작동하기 시작했다. 너무 더웠던지 머리는 흠뻑 젖어 있었고, 몸에 땀이 송골송골 맺혀 있었다. 나는 화장실로 가서 내 친구 수도꼭지에게 말했다.

"나 너무 더워! 친구야, 나에게 시원한 물 좀 줘."

그러고는 수도꼭지를 틀었다. 내 친구의 입에서 찬물이 앞다투어 나오기 시작했고 나는 고사리손으로 물을 받아 머리도 닦고 얼굴도 닦고 몸의 이곳저곳 더운 부분을 닦기 시작했다. 그러는 중에 빨간색 수도꼭지가 내 눈을 사로잡았고, 다시 호기심이 생기기 시작했다. 이렇게 날이 더운데 뜨거운 물을 틀면 어떻게 될까? 날이 더 더울까, 내 몸이 더 더울까 아니면 뜨거운 물이 더 뜨거울까?

나는 생각과 동시에 빨간색 수도꼭지를 끝까지 돌렸다. 처음에는 찬물이 나왔고 그다음에는 미지근한 물이 나오더니 나중에는 내 생각과는 달리 뜨거운 날씨보다 그리고 불덩이 같은 내 몸보다 몇

배나 더 뜨거운 물이 철철 나오기 시작하는 게 아닌가? 나도 모르게 손을 떼고 "사람 살려요!"라고 하면서 방으로 도망가 버렸고, 내 친구 수건으로 손을 닦고 곧바로 냉동실을 열어 얼음을 꺼내 손과 몸을 식혔다. 그리고 나는 다시 나의 친구인 TV와 장난감을 가지고 놀았다.

그리고 얼마 후 갑자기 물이 흐르는 소리가 들렸고, 방 안으로 뜨거운 연기가 들어오기 시작했다. 방문을 열어 보니 이미 화장실에는 물이 넘쳐흐르고 있었고, 뜨거운 물이 거실 쪽으로 흐르고 있었다. 갑자기 공포감이 밀려오고 무서워졌다.

좀 더 솔직히 표현하면 '이걸 어떻게 해결해야 하지?'라는 생각보다는 엄마나 누나들한테 걸리면 크게 혼이 날 것 같은 생각이 들었고 그게 더 무서웠다. 물은 점점 불어났고 나는 점점 더 초조해졌다. 나도 모르게 눈에서는 눈물이 흐르고 더 이상 어떻게 할 수가 없어서 크게 울면서 집 밖으로 뛰쳐나갔다. 그때 우리는 2층 혹은 3층 집 반지하에 살고 있었다.

"사람 살려요! 사람 살려요! 우리 집에 물이 넘쳐요!"

울면서 여기저기 소리를 질렀다. 그러기를 얼마 후, 위층에 있는 아주머니가 창문을 여시더니 물었다.

"꼬마야, 무슨 일이니?"

"아주머니, 살려 주세요. 우리 집에 물이 넘쳐요. 살려 주세요!"

아주머니가 내려오셨고 집으로 들어가서 물을 잠그고 넘쳤던 물을 수건들을 이용하여 닦아 주셨다. 그때를 생각하면 지금도 등에서 찔끔 땀이 난다. 저녁이 되어 엄마가 오시더니 "하진아, 괜찮아? 어디 다친 데는 없니?"라고 하셨다. 아마도 위층 아주머니가 어머니에게 오늘 일어난 일을 말해 주셨나 보다. 엄마에게 크게 혼날 줄 알고 잔뜩 긴장하고 있었는데 엄마는 그날따라 혼도 내지 않고 앞으로는 뜨거운 물은 조심해서 사용하라고 하시고는 물을 사용했으면 꼭 잠가야 한다는 사실을 말씀해 주셨다.

나는 지금도 뜨거운 물을 사용할 경우에는 조심해서 필요한 만큼만 사용하고 있다. 그리고 다시는 이와 같은 일이 일어나지 않았을 뿐 아니라 옆집, 뒷집, 앞집의 내 친구들에게도 나의 잊지 못할 경험담을 들려주었다. 나의 호기심을 제대로 해결한 날이었다.

딱지치기의 승자는 바로 나

내가 어렸을 때 우리 집은 이사를 여러 번 했다. 초등학교 5학년 쯤으로 기억한다. 우리 집은 1층으로 된 다세대 주택이었고 대문은 하나였지만 문으로 들어가면 지욱이 형네 집도 있었고 자옥이 누나네 집도 있었다.

나는 학교를 다녀오면 잽싸게 집에다 가방을 던져 놓고 나의 멋쟁이 파트너인 박스로 접은 딱지, 공책을 찢어서 접은 딱지 그리고 무게감과 중량감을 높이기 위해 두꺼운 도화지를 물에 적시고 이틀에서 삼 일 정도 말려서 접은 대장급 딱지들을 주섬주섬 챙겨 밖으로 나갔다. 그 당시에는 내 또래 친구들 거의 모두가 딱지치기에 열중했고, 각자 자기만의 무기인 딱지를 개발했다. 챙겨 온 딱지를 거의 잃어 가거나 위급 상황이 올 경우에 대장급 딱지를 등장시켜 판세를 뒤집는 경우가 종종 있었다.

나는 밥을 먹거나 글씨를 쓸 때는 오른손을 사용했지만 공을 가지고 놀거나 딱지치기를 할 때는 왼손을 사용했다. 딱지치기의 기술에는 정공법인 딱지의 중간을 힘껏 내려쳐서 넘겨 먹는 일명 '배꼽치기'도 있고, 상대방의 딱지가 내 딱지보다 크거나 무거워 보일 경우에 딱지 모서리의 틈새를 이용하여 넘겨 먹는 '옆치기'도 있었다. 상대방의 딱지에 따라 빠른 판단력과 집중력으로 전략과 전술을 잘 활용하여 딱지치기에 임했다.

친구들은 대부분 오른손으로 딱지를 쳤지만 나는 왼손잡이였으므로 친구들이 하지 못하는 미세한 기술들을 적절히 활용하여 승률을 높여 갔다. 예를 들면, 딱지가 벽에 붙거나 오른손으로 칠 수 없는 상황이 발생할 경우에 나는 왼손을 이용하여 아주 유용하게 상대편을 공략했다.

모든 게임에는 승자가 있고 끝이 있기 마련이다. 오후 2~3시쯤 시작한 딱지치기는 누군가 상대편 친구에게 딱지를 모두 잃은 후에야 끝나곤 했다. 여기에서 시간이 얼마나 지났는지는 고려의 대상이 아니었다. 적어도 한 명에서 두 명 정도의 딱지가 모두 없어질 때까지 딱지치기는 계속되었다.

그런데 유독 영곤이라는 친구는 딱지치기를 하면서 거의 잃어본 적이 없었다. 친구들에 비해 몸집도 크고 손도 컸지만 그것만이 승리의 비결일까 하는 호기심이 나를 또다시 자극했다.

영곤이라는 친구를 잠깐 소개하면, 나랑 가장 친한 친구 중의 한 명이었고 지금에 와서 고백하지만 나의 호위무사였다고 감히 말하고 싶다. 또래 친구들보다 키도 크고 몸도 커서 싸움도 잘하였기에 다른 친구들과 언쟁을 하거나 나와 다른 친구 사이에 싸움이 될 만한 소지가 있으면 나는 바로 영곤이에게 도움을 요청했다. 그래서 나는 초등학교에 다니는 동안 영곤이 덕분에 누구에게도 맞은 적도, 싸움을 한 적도 없이 평화롭게 지냈다.

나는 어느 날 영곤이에게 나의 호기심을 해결하고자 그리고 비법을 전수받고자 조용히 물어보았다. "어떻게 하면 딱지를 많이 딸 수 있어?", "너는 왜 그렇게 딱지치기를 잘해?", "네 딱지는 내 딱지나 다른 친구들의 딱지보다 왜 그렇게 무겁고 커?", "왜 네 딱지만 안 넘어가?" 등등 궁금한 점들을 영곤이가 그만 물어보라고 할 때까지 물어보고 또 물어보았다.

그 후에 영곤이는 대장보다 더 높은 급의 딱지를 만드는 비법을 나에게 전수해 주었고 딱지치기의 기술도 전수해 주었다. 그 결과 나는 동네에서 딱지치기의 승자가 되었다. 물론 영곤이가 없는 날에만 말이다.

호기심이 있으면 궁금해지고 호기심이 있으면 못하던 것도 잘할 수 있게 된다. 그리고 호기심이 있으면 찾아보게 되고 물어보게 된다. 내가 친구들을 잘 만나서가 아니라 대부분의 사람은 물어보면 잘 대답해 준다. 그래서 나는 물어본다. 그리고 호기심을 해결한다.

깐돌이가
크게 한 건 한 날

혹시 '깐돌이'라는 아이스크림을 기억하는가? 나의 별명은 깐돌이였다. 국어사전에는 '인색하고 약삭빠른 사람'이라고 나와 있지만, 내 방식대로 해석한다면 '개구쟁이 중의 개구쟁이에다가 동작이 빠르고 여기저기 쏘다니며 어디를 가도 사고를 치고 돌아다니는 동네 꼬마' 정도로 표현하고 싶다. 사실 지금도 친구들이 나를 부르는 별명에는 여러 가지가 있지만, 나는 지금도 깐돌이라는 별명이 가장 좋고 지금도 깐돌이처럼 살고 있다.

여느 때와 다름없이 친구들과 동네에서 딱지치기도 하고 '다방구'라는 놀이도 하고 여자 친구들이 고무줄놀이를 하고 있으면 달려가서 훼방을 놓거나 고무줄을 몰래 끊고 도망가기도 했다. 내가 동작이 다른 친구들보다 좀 빠르다는 이유로 친구들은 주로 나에게 그런 일을 시켰다. 그렇게 친구들과 재미있게 놀고 있는데, 평소에 보지 못했던 자동차가 우리가 놀고 있는 공터에 세워져 있었다.

그 즉시 나의 호기심은 또다시 나를 행동하게 만들었다. 그때만 해도 자동차를 가까이에서 구경하는 건 자주 있는 일이 아니었다. 나는 친구들과 함께 세워져 있는 자동차의 앞과 옆 그리고 뒤를 구경한 뒤, 창문 너머에 있는 자동차의 핸들과 좌석 그리고 계기판 등을 보면서 신기해했다.

마지막으로 차 밑에 있는 바퀴들을 구경하고 난 후, "그럼 자동차 위는 어떻게 생겼지?", "자동차 위에도 쇠로 만들어져 있으니까 튼튼하겠지?"라고 친구들에게 나의 궁금한 점을 말하기 시작했다. 그때, 원철이가 말했다.

"그럼 한번 올라가 볼까? 튼튼한지 어떤지 말이야."

그 말이 끝나기가 무섭게 나는 자동차 앞부분을 디딤돌 삼아 승용차 위를 점령했고, 내가 올라가니 친구들도 따라 올라왔다.

자동차의 천장은 생각했던 것보다 튼튼하지는 않은 것 같았다. 밟을수록 찌그러지는 게 눈에 보였고 친구들이 한 명, 두 명 올라올수록 더 찌그러졌다. 그때 바로 내려왔어야 했는데 내가 밟는 곳마다 찌그러지는 게 신기하기도 하고 재미있기도 했다. 그때부터 그 자동차는 누군가의 소중한 물건이 아니고 친구들과 뛰면서 놀 수 있는 재미있는 놀이 기구가 되어 버렸다. 그 이후에 벌어질 일들에 대해서는 상상도 못 할 만큼 말이다.

친구들과 재미나게 뛰어놀고 있을 무렵, 예상하지도 못했던 무시무시한 일이 벌어졌다. 어느새 자동차의 주인아저씨가 나타났고 우리는 모두 자동차에서 내려와 아저씨에게 크게 혼이 났을 뿐만 아니라 아저씨는 우리에게 집에 가서 부모님을 데리고 오라고 했다.

그때서야 나는 깨달았다. '이거 보통 일이 아니구나! 어떡하지?' 친구들과 나는 무서움에 떨었고 그것보다 엄마, 아빠에게 크게 혼이 날까 봐 그게 더 걱정이었다. 저녁 무렵이 되자 저 멀리서 아빠가 우리 쪽을 향해 오고 계셨다. 나는 무서웠지만 그래도 우리 아빠니까 울면서 달려갔다.

"아빠 내가 저 자동차 위에 올라가서 놀았는데 차가 찌그러지고 망가졌어요…."

아빠는 상황을 인지했고 자동차 주인에게 다가가 정중히 사과를 한 후 자동차가 망가진 부분에 대해서 변상해 주었다. 나는 어린 나이였지만 내가 한 행동이 잘못된 행동이었다는 걸 바로 알아차리고 자동차 주인아저씨께 죄송한 마음을 전했고 우리 아빠에게도 용서를 빌었다. 그러면서도 아빠에게 혼이 날까 봐 무서운 마음도 있었다.

이 큰 사태를 수습하고 아빠와 집으로 돌아왔다. 그리고 아빠는 나에게 이렇게 말씀하셨다.

"차 위에 올라가니 좋았어? 느낌이 어땠어? 이제 궁금한 게 해결되었니?"

"네, 아빠. 죄송해요. 다시는 그러지 않을게요."

나는 용서를 빌었지만 아빠는 나에게 이렇게 말해 주셨다.

"잘했다. 역시 내 아들이야. 앞으로 또 다른 자동차가 서 있더라도 또 궁금한 게 있으면 올라가 보고 뛰어 보고 그래라. 잘했다."

그런데 오히려 칭찬해 주시는 게 아니던가? 아무리 어린 나이이고 깐돌이인 나지만 아빠의 그 속뜻을 바로 파악했다. 그리고 그 후로는 남의 소중한 물건이 아무리 궁금하다고 해도 먼저 물어보거나 허락을 맡은 뒤에 만져 보고 나의 호기심을 해결하였다. 다시 한번 그 당시 자동차 주인아저씨께 진심으로 죄송한 마음을 전한다.

여기가 어디예요?

하루는 한 살 많은 동네 형과 집 근처에 있는 시장에 가서 먹거리 구경도 하고 사람들도 구경하면서 신나게 놀았다. 멀리에 있는 것들이 보이지 않을 정도로 가까이에 신기한 물건도 많았고 먹음직스러운 것도 많았고 이것저것 구경할 것이 참 많았다.

하나하나 천천히 구경하면서 처음 보는 것들은 그 자리에서 바로 물어보았다. "아주머니, 이거는 뭐예요?", "아주머니, 이거는 어디에 사용하는 거예요?", "이거는 먹는 거예요?" 등등. 모든 것이 나의 홍미를 유발했고, 궁금했고, 신비로웠다. 그렇게 형이랑 주거니 받거니 말도 하고 놀면서 지나가고 있었다.

한참을 놀았는지 어느새 해가 넘어가 저녁때가 되었다. 나는 아랑곳하지 않고 이곳도 살펴보고 저곳도 살펴보았는데, 옆에 있는 형이 나에게 말했다.

"하진아, 이제 돌아가자. 너무 늦었어."

나는 아직 신기한 것이 많고 둘러볼 것도 많이 있었는데 말이다.

그래서 나는 형을 설득했다.

"조금만 더 구경하다 가면 안 될까? 저기까지만 가 보자, 형. 저기 가면 더 신기하고 재미있는 게 많이 있을 것 같아. 저기까지만 가 보자."

그렇게 형을 설득한 후 우리는 계속해서 구경하고 또 구경했다.

얼마나 많은 곳을 갔는지 가는 곳마다 새로운 길이고 새로운 사람들이 있었다. 나는 가면 갈수록 신이 나고 즐거웠지만 옆에 있는 형은 가면 갈수록 초조해했다.

"우리 이러다가 집에 못 가겠다. 여기가 어딘지도 모르겠어."

"형, 조금만 더 가 보자. 응? 왔던 길로 다시 되돌아가면 되잖아."

우리는 가고 또 갔다. 그렇게 시간이 흘렀고, 날은 어두워져 밤이 되고 말았다. 갑자기 나는 형과 눈이 마주쳤고, 동시에 무서워지기 시작했다. 여기가 어디지? 집에 어떻게 가지? 어디로 가야 하지? 정말로 길을 잃은 것이다. '이쪽으로 가면 집이 나오겠지.'라고 생각하면서 걷고 또 걸었다. 조금 전에 나왔던 신림6동 시장이 보여야 하는데 걸어가면 갈수록 이상하게 낯선 길만 나왔다. 그래도 하는 수 없지 않은가? 형과 나는 계속해서 걷고 또 걸었다. 그런데 이번에는 경사진 길이 나왔다. 우리는 경사진 길을 끝까지 걸어갔다.

이거 정말 큰일이 났다. 신림 시장이 나와야 하는데 시장은 보이지도 않고 주택들이 즐비한 좁은 길과 큰 길이 번갈아 가며 나올 뿐이었다. 나는 무서웠고 형의 손을 꼭 잡고 울었다.

"형이 아까 집으로 돌아가자고 했을 때 갔으면 이렇게 되지 않았을 텐데. 형, 미안해. 나 때문에 길을 잃었어…."

무서워서 울고 또 울었다. 형은 울지 말라며 나를 다독였고, 조금만 더 가 보자고 하면서 앞으로 쭉 걸어갔다. 배고프고 춥고 무서웠다. 더 이상 걸어갈 힘도 없어서 나는 털썩 바닥에 주저앉고 말았다.

지금 생각해 보면 거기는 난곡이라는 동네의 끝자락이었고, 우리 집은 신림6동이었으니 정반대로 걸어갔던 것이다. 천만다행으로 어느 마음씨 좋으신 아저씨의 도움으로 집으로 돌아올 수 있었지만, 그때는 정말로 무서웠다.

태수 형, 그때 나 때문에 길도 잃어버리고 정말 미안했어. 그리고 그때 내 손을 꽉 잡아 주고 옆에 있어 줘서 고마웠어.

부반장이 되다

중학교 2학년 때 일이다. 우리 반에는 1학년 때 같은 반이었던 친구들도 있었고 아닌 친구들도 있었다. 정확히 기억은 안 나지만 한 학년에 열 개의 반 정도는 있었던 것 같고 한 반에 45명 정도가 있었던 것 같다. 내가 누구인가? 같은 반이었던 친구들은 당연하고 다른 반 친구들도 모르는 친구가 거의 없었다. 나에게는 1반부터 10반까지 모두 같은 반 친구들이었다.

나의 호기심은 사물이나 먹는 것에 한정되지 않았다. 나와 함께하고 내 앞에 있는 모든 친구가 내 호기심의 대상이었다. 그래서인지 나는 공부는 뒤에서 1등이었지만 인기는 꽤 좋았다. 키가 크고, 눈도 크고, 싸움도 잘해서가 아니라 그냥 웃고 다니면서 궁금한 것이 있으면 이미 알고 있는 친구든 처음 보는 친구든 상관없이 먼저 다가가 인사하고 물어보면서 친구 하자고 했기 때문이다.

2학년 첫 수업 시간에 국사 과목을 담당하셨던 담임 선생님께서 들어오셨고, '한 학년 동안 잘 지내보자', '친구들과 싸우지 말아라',

'서로서로 도와주고 친하게 지내라. 그리고 공부 열심히 해야 한다.' 등등 훈화 말씀을 하셨다. 그리고 이렇게 말씀하셨다.

"그럼, 지금부터 우리 반을 한 학기 동안 이끌어 갈 반장과 부반장을 뽑도록 하겠다. 우리 반을 위해 봉사할 친구가 있으면 손을 들어라."

그렇게 몇 초가 지났을까? 갑자기 웅성웅성 들리던 소리가 멈추고 숨소리도 들리지 않을 만큼 조용해졌다. 잠시 동안 정적이 흘렀다.

"아무도 없어? 그럼 우리 반에서 솔선수범하고 리더십이 있는 친구를 추천해서 뽑도록 하겠다. 누구 추천할 사람?"

그 말이 끝나기가 무섭게 추천이 계속되었다. 그 중간에 내 친구 광현이가 나도 추천해 주었다. 원래 반장과 부반장은 물론이고 심지어 청소 반장이나 줄 반장도 대부분 공부를 잘하는 친구들이 한다. 공부와는 전혀 관계없는 내 이름 '송하진'이 칠판에 쓰여 있으니 이것만으로도 나는 가문의 영광이었고 투표도 하지 않았는데도 마냥 기분이 좋았다.

6명, 7명 계속해서 추천하니 선생님께서 더 이상 추천을 받지 않고 투표를 하겠다고 했다. 그 시절에는 대부분 손을 들고 투표를 했는데, 선생님께서는 투표용지를 나누어 주시더니 반장 투표를 먼저 하겠다고 말씀하셨다.

우리는 키득키득 웃으면서 서로가 서로를 보면서 "너 누구 뽑을 거야?", "너는 누구 뽑을 거야?"라고 물었다. 성격이 조용한 친구들은 소신 있게 이름을 적었고, 대부분은 옆 친구의 종이를 보면서 커닝을 했다. 나도 짝꿍이 누구를 적었나 보고는 투표용지에 이름을 적었다. 내가 뽑은 반장 후보는 바로 '송하진'이었다.

지금도 그때를 생각하면 얼굴이 빨개지고 다른 후보 친구들에게 미안하지만, 후보에 이름이 올라간 경우는 내 인생을 통틀어 처음이었다. 이러한 기회가 또 오리라는 보장도 없었기에 당당하고 소신 있게 적었다. 대신 다른 친구들이 보면 안 되니까 아주 조그만 글씨로 내 이름을 적었다. 그 후 맨 뒤에서부터 투표용지를 걷었고, 선생님이 2명의 친구를 불러 한 명은 종이를 펴서 이름을 부르고 다른 한 명은 칠판에 득표수를 적게 했다.

너무나 즐겁고 흥미로웠고, 그 결과가 너무나 궁금했다. 투표용지를 펴서 이름을 부르기 시작했다. 양태석, 양태석, 양태석, 명주석, 김○○, 송하진…. '앗싸!' 내 이름도 몇 번은 불렸다. 투표 결과, 반장은 태석이가 거의 몰표를 받아 당선되었다. 태석이는 나랑도 친했는데, 키도 크고 눈에 쌍꺼풀이 있었다. 게다가 공부도 전교에서 1, 2등을 했으며 싸움도 잘하고 운동도 잘하는 친구였다. 태석이가 반장이 되는 것은 당연한 결과였다. 반장 투표에서 나는 5표 정도를 얻었던 것으로 기억한다.

그다음에 선생님께서 다시 새로운 투표용지를 나누어 주셨고, 이번에는 부반장 투표를 하라고 하셨다. 누구도 넘볼 수 없는 태석이가 빠졌으니 부반장은 정말 누가 될지 예측하기가 힘들었다. 이번에도 나는 소신 있게 부반장 투표를 했다. 내가 적은 이름은 바로 송하진 나 자신이었다. 이름을 쓸 때도 가슴이 두근거렸고 다 쓰고 난 후에도 혹시 짝꿍이나 다른 친구들이 보지는 않았을까 걱정되어 가슴이 두근거렸다.

다시 개표가 시작이 되었고 그 결과는 놀라웠다. 명주석, 명주석, 송하진, 김○○, 이○○, 송하진, 송하진, 송하진…. 내가 과반수 이상으로 다른 친구들을 제치고 부반장이 된 것이다. 너무 즐겁고 행복했지만 그런 내색을 하지 않으려고 무척이나 애를 먹었던 것 같다.

그리고 잠시 후, 갑자기 선생님께서 나를 부르시더니 잠시 밖으로 나오라고 하셨다. '갑자기 무슨 일이 있나? 왜 나를 부르시지? 내가 부반장이 되었으니 곧바로 무슨 임무를 맡기시려고 하나?' 순간 친구들 앞에서 우쭐하기도 했고 한편으로는 무슨 일인지 긴장도 되었다. 교실 밖으로 나가니까 선생님께서 나를 조용히 부르시더니 이렇게 말씀을 하시는 게 아닌가.

"하진아, 사실은 말이야. 너도 알겠지만 반장이나 부반장을 하는 친구들은 어느 정도 공부를 잘하는 친구가 하잖아. 물론 하진이가 친구들에게 인기가 많아서 표를 많이 얻어 부반장이 되긴 했지. 그런데 선생님 생각에는 하진이가 이번 학기에 공부를 더 열심히 해서 다음 학기나 아니면 내년에 3학년에 올라가면 그때 다시 해 보는 게 좋을 것 같은데, 하진이 생각은 어떠니?"

이게 무슨 마른하늘에 날벼락인가? 선생님의 말씀을 듣고 난 후 나는 어디 쥐구멍이라도 들어가고 싶은 심정이었고, 한편으로는 '어떻게 교실로 다시 들어가지? 친구들한테는 뭐라고 말하지?'라는 걱정이 부반장을 하고 안 하고의 문제보다 더 큰 걱정으로 다가왔다. 선생님은 나를 보고 계셨고 나는 바로 말씀드렸다.

"하하…. 그렇지요. 선생님 말씀이 맞습니다. 네, 그렇게 하도록 하겠습니다."

그러고 나서 선생님과 나는 눈빛으로 서로의 동의를 재차 구하고는 교실로 들어갔다. 그리고 선생님께서 말씀을 하셨다.

"자! 조용히 해라. 이번 학기 부반장은 하진이가 2등으로 투표를 얻은 주석이에게 양보하기로 했다. 그러니 이번 학기 반장은 양태석이고 부반장은 명주석이 하도록 한다.

그렇게 말씀하시고는 교무실로 돌아가셨다. 친구들은 선생님이 나가시자마자 앞다투어 나에게 오더니 '무슨 일이야?', '무슨 일이 있었어?', '선생님이 뭐라셨는데?', '왜 부반장을 양보했어?' 등등 물었다. 나의 그 웃지 못할 사건으로 인하여 친구들의 호기심이 극에 달했다. 나는 친구들에게 한마디 했다.

"사실 투표용지에 내 이름을 썼거든. 그게 마음에 걸려서 선생님께 부반장 안 하겠다고 말씀드렸어."

그랬더니 친구들이 "야, 이 나쁜 놈아. 그렇게 부반장이 하고 싶었냐? 너 반장 투표 때도 네 이름 썼지?"라며 나를 놀리고 또 놀렸다.

지금에 와서는 이렇게 그 시절을 생각하며 웃으며 글을 쓰고 있지만 부반장 당선 후 5분도 채 지나지 않아 부반장을 사퇴해야만 했던 나의 어린 마음을 누가 헤아려 줄까. 나는 그때도 그냥 궁금했던 것 같다. '반장이 되면 어떤 느낌일까? 그리고 부반장이 되면 친구들이 나를 어떻게 불러 줄까? 부반장으로 대우는 해 줄까? 부반장이 되면 나도 공부를 잘하게 되는 걸까?' 그런 호기심으로 가득했던 것 같다.

친구들아, 그때 반장, 부반장 투표할 때 투표용지에 내 이름을 써서 미안했어. 그리고 선생님, 그때 곤란하게 해 드려서 죄송했습니다. 그래도 저는 저의 호기심을 해결했습니다. 길고 길었던 그 5분간 말이죠.

"엄마 모시고 와라!"

나는 소심한 '트리플 A형'이라 크게 사고를 치지는 않았던 것 같은데 학창 시절 소소한 사건 사고는 늘 내 뒤를 따라다녔다. 고등학교 2학년 여름으로 기억한다. 2교시가 끝난 후, 쉬는 시간 10분을 이용하여 친구 몇 명과 도시락을 까먹은 후 점심시간에 밖에 나가서 친구들과 농구를 했다.

나는 키는 작았지만 어렸을 때 엄마가 어디 나가서 맞고 다니지 말라고 태권도장 만 보내 주셨다. 그 덕분인지 또래 친구들보다는 동작은 좀 빨랐고, 호기심이 생기면 바로 행동했으므로 말이나 행동이 빠릿빠릿했던 것 같다. 그래서 나는 농구를 사랑했고 농구를 즐겨 했다. 농구를 해 본 사람은 알겠지만 키가 큰 사람이 영원한 1순위이고, 그다음이 동작이 다람쥐처럼 빠른 사람이다.

친구들은 농구를 하면 키가 큰 친구를 제외하고는 나와 같은 편이 되려고 했다. 그래서 나는 농구를 좋아했다. 4명이 있으면 2명씩 편이 되었고, 6명이 있으면 3명씩 편이 되었다. 키가 제일 큰 친구는 당연히 리바운드를 잘해야 하기 때문에 농구 코트 바로 아래나 가장 가까운 곳에 자리를 잡았다. 나는 키가 작은 대신에 손과 몸동작이 빨랐고, 눈이 예리하게 작은 편이어서 눈치가 남달랐다. 그래서 내 자리는 항상 농구 코트 외곽, 3점 슛을 쏠 수 있는 곳이었다. 공을 받으면 키가 큰 친구나 상대편이 없는 공간을 재빨리 파악하여 우리 편이 슛을 최대한 잘 쏠 수 있도록, 그리고 편하게 득점할 수 있도록 공을 패스해 주는 역할을 했다.

그렇게 게임을 하다가 내가 공을 잡았는데 내 앞에 상대편 친구가 없으면 나는 바로 슛을 던져 득점을 올리곤 했다. 골대 밑으로 파고들어서 슛을 하면 상대편의 키가 큰 친구에게 블로킹을 당하거나 공을 빼앗기는 경우가 많았으므로 주로 나는 외곽에서 3점 슛을 던지거나 빈 공간으로 파고들어 레이업 슛을 시도했다. 농구를 아주 잘하는 것은 아니었지만 그래도 친구들이 3점 슈터 내지는 득점왕이라고 가끔 불러 주었다.

점심시간이 끝나 갈 무렵, 운동장 수돗가에서 찬물을 틀어 머리부터 땀을 식혔다. 대충 땀을 닦고 난 후 교실로 걸어가고 있는데 저 멀리서 방춘이가 커다란 뼈다귀를 하나 들고 내가 있는 쪽으로 뛰어오는 게 보였다. 방춘이는 우리에게 말했다.

"얘들아, 이거 봐 봐. 저기 운동장에서 주웠는데, 진짜 큰 뼈다귀 아니냐? 근데 이게 개뼈다귀는 아닌 것 같고, 그렇다고 소 뼈다귀도 아닌 것 같고. 무슨 뼈다귀 같아?"

우리는 그 뼈다귀를 여기저기 들여다보았고, 사람 팔뚝보다 더 커 보이는 뼈다귀를 보면서 도저히 그게 개뼈다귀인지, 소 뼈다귀인지 아니면 무슨 뼈다귀인지 알 수가 없었다.

점심시간이 거의 끝나 가고 수업 종이 울렸다. 그래서 일단 우리는 그 뼈다귀를 교실로 가지고 갔다. 나는 앞에서 첫 번째 줄 오른쪽 자리에 앉았는데, 그 뼈다귀가 무슨 뼈다귀인지 궁금했고 친구들이 나에게 가지고 있으라고 줘서 나도 모르게 교실 탁자 위에 올려놓았다. 선생님께 그 뼈다귀가 무슨 뼈다귀인지 여쭤보고 싶었다. 그리고는 영어 선생님께서 들어오셨다. 들어오시면서 탁자 위에 놓여 있던 뼈다귀를 보시더니 화가 많이 난 표정을 지으시면서 "이거 누가 여기다가 올려놨어? 누구야?"라고 하시는 게 아닌가? 친구들은 키득키득 웃기 시작했고, 나는 본의 아니게 얼굴이 빨개지고 선생님에게 혼이 날까 봐 아무 말도 못 하고 선생님을 멀뚱멀뚱 쳐다보고만 있었다. 그러기를 잠시, 선생님께서 다시 한번 "누가 여기다가 뼈다귀를 올려놨어? 안 나올 거야? 말 안 할 거야?"라고 물으셨다.

그 순간 교실은 조용해지고 나는 천천히 손을 들었다.

"선생님, 제가 올려놨습니다. 죄송합니다."

그렇게 말씀을 드리고 난 후 선생님께서는 바로 말씀하셨다.

"너 교무실로 따라와!"

그 이후 나는 선생님을 따라 교무실로 갔고, 영화 <친구>에 나오는 한 장면처럼 혼이 났다. 아직도 또렷이 기억이 나지만 자세히 설명은 하지 않겠다. 다만 많이 아팠다. 그렇게 선생님께서 화를 가라앉히시더니 한 말씀 하셨다.

"내일 엄마 모시고 와라!"

나는 울면서 재차 선생님께 "죄송합니다. 다시는 안 그럴게요."라고 했지만 선생님은 완강하셨다. 어떻게 생각하면 내 입장에서는 억울한 상황이었지만 선생님 입장에서는 많이 당황하셨을 것이고, 또 바로 "제가 올려놓았습니다."라고 말을 하고 용서를 구했더라면 이렇게까지 상황이 전개되지는 않았을 텐데 후회도 되었다.

하는 수 없이 집에 돌아가서 엄마를 기다렸고, 고민하다가 학교에서 있었던 일을 말씀드렸다. 우리 엄마가 누군가? 내 말이 끝나기가 무섭게 진희 엄마에게, 성희 엄마에게 그리고 여기저기 전화를 하시더니 선생님의 연락처를 알아내셨고, 바로 선생님께 전화해 사과의 말씀을 드리는 게 아닌가?

"우리 아이가 그런 행동을 해서 죄송하게 되었습니다. 다시는 그런 일이 없도록 잘 타이르겠습니다. 그리고 제가 일을 다니고 있어서 학교에 찾아뵙기가 어려우니 양해를 부탁드리겠습니다."

그러고도 이런저런 말씀을 하시더니 전화를 끊으셨다. 혼이 날 거라고 생각하고 기다리고 있었는데, 엄마는 예상외의 반응을 보이셨다.

"그 빼다귀가 무슨 빼다귀인지 그렇게 궁금했니? 근데 그 빼다귀가 그렇게 컸어? 그래서 선생님이 많이 놀라신 것 같더라. 내일 학교 가서 선생님께 다시 한번 다시는 그러지 않겠다고 말씀드려. 그리고 잘못한 게 있으면 주저하지 말고 그 자리에서 바로 잘못했다고 말해. 앞으로는 아무리 궁금해도 친구들이랑 놀고 수업 시간에 선생님이 쓰시는 탁자에 그런 거 올려놓고 그러진 마. 정 궁금하면 집으로 가져오든지."

그렇게 말씀하시고는 "밥 먹자."라고 하셨다. 그렇지 않아도 일하시느라 힘든데 나 때문에 신경 쓰이게 해서 죄송했다.

선생님, 그때 많이 놀라게 해서 죄송했습니다. 선생님을 놀리거나 당황스럽게 하려고 했던 것이 아니었으니 제 마음을 이제라도 이해해 주셨으면 좋겠습니다.

그 뒤로 우리는 그 뼈다귀가 무슨 뼈다귀인지 한참을 알아보았지만 결국은 미제 사건으로 남기고 쓰레기통에 버렸다. 그 사건을 통해서 아주 큰 삶의 지혜를 얻었다. 잘못했으면 그 자리에서 즉시 잘못했다고 말하고, 고마웠으면 그 자리에서 고마웠다고 즉시 내 마음을 표현하는 것이다.

말 한마디에
200명이 움직인다

누나 셋에 막내로 태어나 부모님으로부터 예쁨을 한몸에 받고 자랐을 것이라고 생각하시는 분이 많이 있겠지만, 그리고 실제로 그렇게 자랐으면 좋았겠지만 우리 아빠는 첫째 누나를 제일 예뻐라 하셨고 우리 엄마는 막내 누나만 챙기셨다.

막내 누나는 중고등학교 시절에 자주 아팠다. 어디가 아팠는지 잘은 모르겠지만 가끔 학교 선생님들이 누나를 업고 집에 데려다 주셨던 기억이 난다. 그래서 엄마는 막내 누나를 각별히 챙기셨다. 그래도 나는 우리 부모님으로부터 특혜를 하나 받았다. 앞에서도 말했지만 나는 몸집도 작은 편이었고 누나 셋에 막내로 태어났다. 그래서 그랬는지 아니면 집에 항상 혼자 있어서 그랬는지는 모르겠지만 정확히 기억이 나는 건 어디 나가서 맞고 다니지 말라고 태권도장만 보내 주셨다.

그때부터인지는 모르겠지만 나는 태권도복을 입는 것만으로도 세상을 다 가진 것 같이 기분이 좋았고, 그 후 군대에 가서도 군복을 입는 게 정말 좋았다. 도복이나 군복을 입으면 뭔가 있어 보이는 것 같기도 했고 그냥 좋았다. 그렇게 나는 초등학교 5학년 때부터 태권도를 배우러 도장에 다녔다. 그렇게 세월이 흘러 군대에 가게 되었는데, 이렇게 또 연결이 되고 인생이 바뀌게 될 줄을 누가 상상이나 했겠는가?

입영 통지서를 받았는데, 논산훈련소로 집합이었다. 지금은 육군훈련소로 명칭이 바뀌었다. 거기가 무엇을 하는 곳이고 바로 군복을 입을 수 있는지, 밥은 잘 나오는지, 건빵은 매일 먹을 수 있는지, 총도 바로 쏠 수 있게 해 주는지, 뜨거운 물에 목욕은 매일 할 수 있는지, 잠자리는 편한지 등등 군대가 무서운 곳은 아닌가 하는 두려움보다는 설렘이 가득했다. 그리고 또다시 호기심이 폭발하기 시작했다.

입영 통지서를 같이 받은 동진이 형하고 같은 날, 같은 장소로 입대하니 기분이 더 좋았다. 그때 당시 나는 친구들보다 군대를 1년 정도 일찍 가게 되었다. 그 이유는 동진이 형 때문이었다. 어느 날 갑자기 동진이 형이 "나 군대 지원할 건데, 너도 같이 지원해 볼래?"라고 말했다. 아무 생각이 없던 나는 '내가 좋아하는 동진이 형이 나를 위해서 이렇게까지 신경을 써 주는구나.'라고 생각해 고마움에 바로 말했다. "형아, 같이 지원하자."

그러면서도 또다시 질문을 했다.

"근데 지원하면 영장이 얼마 만에 나오는데? 형이랑 같이 갈 수 있는 거야? 지원하면 어디로 갈 수 있는데? 육군으로 지원해, 공군으로 지원해? 아니면 해군으로 지원하는 거야?"

질문에 질문이 이어졌고, 동진이 형은 "나도 몰라. 그냥 지원하자."라고 말했다. 그렇게 해서 군대에 지원하게 되었고 한 달 만에 영장을 받아 군인이 되었다. 이발소에 가서 머리를 짧게 깎고 부모님과 누나들에게 "잘 다녀오겠습니다. 충성!"이라고 하고는 훈련소에 데려다주는 고속버스를 타고 동진이 형과 함께 입대했다.

논산훈련소에서는 6주간의 신병 교육이 있었고, 그 이후 각자의 재능이나 전문직 종사 등등의 이유로 박격포 부대로 가거나 운전병으로 갔다. 그리고 논산에서 기차를 타고 전국 각지에 위치한 군부대로 자대 배치를 받았다. 신병 교육은 훈련소 교관들과 조교들이 새내기 군인을 상대로 진정한 대한민국 군인으로 나아가기 위해 훈련을 시켜 주었다. 아침마다 우렁찬 군가를 부르며 달리기도 했고, 화생방 훈련이나 각개 전투 훈련도 했다. 그리고 산속 등의 야전에서 군인 텐트를 치고 자는 숙영 훈련도 했다. 그중에서 내가 제일 관심이 있고 흥미로웠던 것은 태권도를 배우는 시간이었다. 이미 말했지만 나는 태권도를 오랫동안 배워서 품새도 알고 있었고, 발차기도 익숙했다. 그리고 운이 아주 좋았다.

군대에서 제일 먹고 싶은 것이 무엇이냐고 물어본다면 답은 무조건 초코파이고 군대에서 제일 멋있고 하고 싶은 게 뭐냐고 물어본다면 답은 무조건 빨간 모자를 멋지게 쓰고 있는 조교였다. 논산훈련소로 입대한 사람들은 충분히 공감하리라 생각한다. 군복을 입은 것도 멋있었지만 빨간 모자를 푹 눌러 쓴 조교들이 얼마나 멋있게 보이던지, 말로 표현할 수가 없다.

서울에서 온 동기들부터 경기도, 충청도, 강원도, 전라도, 경상도에서 온 동기들까지 너 나 할 것 없이 "너 6주 후에 어디로 자대 배치받고 싶어?"라고 물으면 10명 중 9명은 "여기서 조교를 했으면 좋겠어."라고 말했다. '조교'라는 보직은 말 그대로 우리들 사이에서는 부러움의 대상이었고 대통령보다 더 높은 전지전능하신 분이었기 때문이다. 조교가 말을 하면 그게 법이고 그게 진리였다.

그렇게 시간이 흘러 6주가 다 되어 갈 무렵, 중대장님께서 우리들 200명을 모아놓고 말씀하셨다.

"태권도 1단 손들어."

그랬더니 대다수의 동기가 손을 들었다.

"그다음은 2단 손들어."

그랬더니 그중에 반이 손을 들었다.

"3단 손들어."

5명 정도 손을 들었다. 물론 그 5명 안에는 나도 포함이 되었다.
또다시 중대장님께서 말씀하셨다.

"4단 손들어."

그 후에 나는 주변을 힐끔힐끔 쳐다보았다. 200명 중에 딱 1명이 손을 들었다. 그 1명이 바로 나였다. 중대장님께서는 나를 보시더니 "너 나와!"라고 하시는 게 아닌가. 나는 얼떨결에 군인답게 절도를 갖추어 앞으로 나갔고, 신병 교육을 마친 후 대한민국 논산훈련소 25연대 10중대 조교로 군 복무를 하게 되었다. 조교를 하고 싶었던 이유는 여러 가지가 있었지만, 내가 하고 싶었던 결정적 이유는 눈부시게 빛나는 빨간 모자를 쓰고 싶은 호기심 때문이었다. 그 감정을 느끼고 싶었으며 그 모자를 쓰고 군 생활을 꼭 하고 싶었다. 그리고 "부대 차렷!"이라고 말하면 200명이 차렷을 하고 "동작 그만!"이라고 말하면 200명이 하고 있던 동작을 멈추는 그 순간, 그 느낌이 너무나 궁금했기 때문이다.

빠듯한 살림살이에도 불구하고 태권도를 가르쳐 주신 부모님 덕분에 조교가 될 수 있었고, 중대장님 덕분에 하고 싶었던 조교로 군 복무를 할 수 있어서 감사했다. 그리고 조교의 생명은 자세에서 나오는데, 신병 교육 시 자세가 너무 안 나와 나 때문에 고참 조교에게 혼이 많이 난 바로 위 고참에게 미안한 마음을 전한다. 조교 집체교육 시 마지막까지 관심을 가져 주시고 사랑해 주신 박철준 소대장님께도 감사를 드린다. 그리고 지금도 그때를 생각하면 설렘에 잠이 안 온다. '부대 차렷!'

십미터

제목만 봐도 내가 어떤 경험담을 말하려고 하는지 짐작할 수 있을 것이다. '깐돌이'라는 별명 외에 나는 '십미터'라는 별명도 있다. 십미터를 내 방식대로 풀이해 보면 '나와 만나서 함께 가는 친구들에게는 민폐도 이런 민폐가 없고, 오지랖이 넓어도 대한민국을 덮을 만큼 넓은 오지라퍼'라고 말하는 게 정확한 해석일 것 같다.

아주 어렸을 때는 집에 있는 내 친구들인 TV, 냉장고, 솥뚜껑, 밥솥, 이불 그리고 온갖 옷가지와 노느라 바빴다. 유치원은 6개월에서 1년 정도를 다녔던 것 같은데 그때도 놀이터에서 친구들과 노느라 정신이 없었다. 그 후 초등학교와 중학교 시절을 보내고 고등학교 3학년이었던 어느 날, 수업이 끝나고 나는 강호라는 같은 반 친구와 집에 가고 있었다.

학교에서 집까지는 걸어서 25분에서 30분쯤 걸렸던 것 같다. 여기서 내가 말하는 30분은 보통 걸음으로 집을 향해 쭉 걸어가는 시간을 의미한다. 그런데 나는 보통 학교 수업이 끝나고 집에 도착

할 때까지의 시간이 빠르면 50분에서 1시간 이상이 걸리곤 했다. 이날도 마찬가지로 강호와 학교 정문을 나와 집이 있는 방향으로 걸어가고 있었는데, 중간중간에 진희도 만나고 현일이도 만나고 또 걸어가다 보면 은영이와 마주치고 선구랑도 마주쳤다.

그냥 인사 정도만 하고 가면 되는 것을 나는 꼭 그 친구들의 안부를 물었다. "야, 지현아! 정말 반갑다. 어디 가는 길이야? 밥은 먹었어? 누구 만나러 가는 길이야?" 등등 최소한 3가지 이상의 안부성 질문을 했던 것 같다. 그러는 동안 2분, 5분 시간이 지났다. 그렇게 다시 걸어가다가 이번에는 기복이를 만났다. 그래서 나는 그 친구에게 다시 말을 걸기 시작했다. 그때, 옆에 있던 강호가 갑자기 나에게 화를 내면서 말했다.

"야, 나 너랑 같이 안 갈 거야. 혼자 가."

그러면서 진짜로 혼자 앞으로 막 가는 게 아닌가? 나는 '왜 그러지? 내가 뭐 잘못했나?'라는 생각이 들어 강호에게 달려가 강호를 붙잡고 물었다.

"강호야, 왜 그래? 내가 뭐 잘못했어? 갑자기 왜 그러는 거야?"

그랬더니 강호가 나에게 말했다.

"야, 너는 내 생각은 안 하냐? 왜 그렇게 만나는 사람마다 아는 척하고 얘기하고 그러냐? 너랑만 가면 금방 갈 수 있는 거리도 꼭 오래 걸린다니까. 너랑 이제부터는 같이 안 갈 거야."

순간 나는 강호에게 미안해졌고 바로 어깨동무를 하면서 사과했다.

"강호야, 미안해. 우리 강호 나 때문에 시간도 빼앗기도 슬펐구나! 미안하다, 정말!"

이런 일들은 비단 고등학교 때만 일어나지 않았다. 대학교에 가서는 더 신기하고 흥미로운 것들이 나를 사로잡았다. 내가 듣고 싶은 과목만 신청할 수 있었고, 내가 요일도 정하고 시간도 정했다. 그리고 내 전공과목이 아닌 다른 과목도 오로지 나의 선택으로 신청할 수 있었다.

고등학교 때는 한 반에 45명 정도가 있었고 한 학년에 240명 정도가 있었다고 하면, 대학교는 학년을 넘어 국문학과, 영문학과, 일문학과, 중문학과, 기계과, 사회체육학과 등 다양한 전공의 학생들이 있었다. 그들이 몇 명인지 알 수 있는 방법도 없었다. 마치 물 만난 고기처럼 나는 농구도 하러 가고 잔디밭에 앉아서 친구들이랑 수다도 떨고 과방에도 가고 학생회관에 가서 밥도 먹고 가끔 커피도 마셨다.

무엇보다 나의 호기심은 사람이었다. 조금이라도 일면식이 있는 친구들에게는 "안녕? 어디 가? 수업 들어가는 거야? 너는 이번에 무슨 과목 신청했어? 몇 학점 신청했어?" 등등 이런저런 일상적인 질문들을 이어 나갔다. 그러면서 자연스럽게 인문 대학, 자연 대학, 공과 대학은 물론이거니와 기숙사에 있는 친구들과 외국에서 유학 온 친구들까지 대부분 나의 친구가 되어 주었다.

그것뿐이겠는가? 매점에 있는 아주머니, 식당에 있는 아주머니,

커피숍에 있는 아저씨, 책방에 계신 아저씨 등 한마디로 말하면 학교 내에 있는 모든 사람이 나의 호기심의 대상이었고 나의 친구였다. 지금도 그런지 모르겠지만 이때가 내 인생 최대의 오지랖이었고, 나와 함께 다니는 친구들에게는 피해야 할 1순위 민폐였을 것이다.

학교에 가면 정문부터 수업을 들으러 가는 강의실까지 5미터마다 친구들을 마주쳤다. 나로부터 최소한 10미터 이내에는 1명씩은 꼭 아는 사람이 있었다. 그리고 먼저 다가가서 인사했다.

지금 생각해 보면 나와 같이 다녀 준 강호에게 참 미안한 마음이 든다. 내가 얼마나 꼴불견이었고 얼마나 참기 힘들었을까? 대한민국 최고의 '오지라퍼' 옆에서 말이다. 그렇게 민폐를 끼쳤음에도 불구하고 지금까지도 나와 친한 친구 사이로 지내 주는 내 친구 강호, 혜영이, 정희, 재성이 등등 수많은 나의 친구에게 진정 감사하다고 말하고 싶다.

고맙다, 친구들아! 그리고 너희들이 정확했다. 나의 별명은 '십미터'가 맞아.

그것도 해 봤어?

한때 하루에 대여섯 군데 학원을 다녔던 기억이 난다. 정확히 5월 5일 어린이날, 국방의 의무를 다하고 집으로 돌아온 순간 '뭐 하지?'라는 생각이 들었다. 이 시기가 되면 누구나 미래에 대한 걱정을 하기 마련이다. 나는 그동안 신나게 놀기도 많이 놀았고, 내가 재미있어 하거나 호기심이 있어 하는 것들은 대부분 하고 살았다. 살아오면서 지난날에 대해 후회하거나 그때 '내가 왜 그랬지?'라는 생각은 해 보지도 않았다.

나는 언제나 사는 게 재미있었고, 즐거웠다. 순간순간 희열을 느끼며 살아왔다. 그런 나도 갑자기 내일에 대한 불안을 느꼈고 '대학을 졸업하면 뭐 하고 살지? 취직을 해야 하나? 아니면 무엇을 하면서 살아야 하나?'라는 막연한 부담감을 느꼈다. '뭐라도 해야겠다.'라는 생각이 들었다.

그래서 지금 당장 내가 할 수 있는 일들을 찾기 시작했다. 그리고 바로 나의 수많은 멘토(mentor)이자 인생의 스승님들께 찾아가

조언을 구하기 시작했다. 집 앞에 있는 태권도장을 찾아 관장님과 사범님께 조언을 구하고, 동네 형들에게도 조언을 구하고, 학교 선배님들께도 조언을 구했다. 그리고 바로 실행에 옮겼다.

학교를 복학하기까지는 시간이 충분히 있었으므로 아침에 눈을 떠서 밤에 잘 때까지 시간대별로 할 수 있는 일들을 찾았다. 아침 6시 반에 시작하는 영어 회화, 8시에 시작하는 일본어 회화, 9시 반에 시작하는 운전면허 학원 수업, 11시부터 시작하는 컴퓨터 활용 능력 수강반에 등록했다. 1997년에 입대한 후 1999년에 제대를 했으므로 그전에는 엑셀, 파워포인트, 워드 등을 사용해 본 적이 없었다. 컴퓨터로 문서를 만들고 활용하는 기본적인 것들을 배우기 위해 기초 과목반에 수강 등록을 했다.

그리고 점심밥을 먹은 후에 관장님의 조언대로 2시부터 스포츠 마사지를 배우러 학원에 갔다. 그래도 태권도를 배운 무도인(武道人)으로서 운동을 하다가 다치거나 어깨가 결리는 등 몸에 이상이 있을 경우에 몸의 어느 부분을 풀어 주고 만져 줘야 근육이 풀리는지, 신체가 어떻게 구성이 되어 있는지 알아야 했다.

산본 중심 상가에 있는 '하이 스포츠 마사지'라는 학원이었는데, 학원 원장님도 좋고 실장님도 정말 좋았다. 나를 포함하여 수강생이 여러 명이 있었는데, 그때 내 나이가 23살이었고 군기도 남아 있어 인기가 꽤나 좋았다. 시키는 건 뭐든지 다 했고 항상 웃는 얼굴로 생활을 했기 때문이라고 생각한다. 그리고 스포츠 마사지를 배우는 내내 너무나 재미있고 즐거웠다. 여담이지만, 수강생으로 시작했지만 몇 달 만에 스포츠 마사지 자격증 2급을 따면서 원장님께서 학원에 바로 취직을 시켜 주셨다.

그 후 나는 우리나라 사람은 아프면 병원에 가지만 태국 사람은 아프면 마사지를 받으러 간다는 말을 듣고 바로 태국으로 가서 태국의 전통 마사지이자 마사지의 원조 격이라 할 수 있고 타이 왓포 마사지 자격증을 취득했다. 태국 방콕에 위치해 스님들이 생활하는 왓포 사원에서 마사지 선생님께 이론과 실기를 배웠다. 마지막 날에는 선생님 앞에서 직접 마사지를 실시하여 합격한 후 자격을 취득했다.

같이 갔던 형님 중에 누군가가 발 마사지는 중국이 알아준다고 하여 한국에 돌아온 후 중국어과 친구 동근이에게 부탁을 했고 발 마사지 자격증을 따고자 무작정 중국으로 건너갔다. 중국의 중심지인 베이징인지 한국 사람이 많이 사는 선양인지 정확히 기억은 안 나지만 그 지역에서 발 마사지를 하는 곳에 들러 자격증을 따려면 어떻게 해야 하는지 물어봤고, 어느 마사지 선생님의 도움으로 자격증을 취득하는 곳에 가게 되었다. 그러나 자격증을 취득하지는 못했다.

그때는 친구나 나나 학생이었고 내가 가져간 돈보다 자격증을 취득하는 비용이 더 비쌌다. 소개해 준 마사지 선생님에게로 돌아가 발 마사지 기술을 배우기는 했지만 자격증까지는 취득하지 못

했다. 그래도 재미있었던 기억은 동근이에게 부탁하여 발 마사지 자격증을 발행하는 기관 담당자에게 가서 이렇게도 말해 보고 저렇게도 말해 보며 어떻게든 자격증을 꼭 취득하고 싶다고 끊임없이 요청하고 하소연했던 것이다. 남의 나라까지 와서 나라 망신은 다 시킨다고 그만 가자고 했던 동근이에게 미안했지만 아주 즐거운 추억이었다.

스포츠 마사지 학원이 끝난 후에는 5시 이후로 태권도장에 가서 사범님을 도와 같이 수련했다. 그 후로도 내가 재미있어할 만하고 배울 수 있는 것을 찾아서 여건이 되면 바로 시작했다. 그리고 배움에 대한 결과를 남기기 위해 자격증을 취득할 수 있는 반을 찾아다녔다.

생각나는 자격증을 나열하면 운전면허 1종 대형면허, 버스 면허, 택시 면허, 3톤 미만 지게차, 3톤 미만 굴삭기, 화물운송, 레크리에이션 2급, 테니스 심판, 스쿠버다이빙 어드밴스(Advanced) 등 다양한 자격증을 취득했다.

그리고 나의 호기심은 자격증 과정에서 정규 학교 과정으로 움직이기 시작했다. 회사를 다니면서 저녁에 경영대학원을 다녔고, 그 후에는 법무에 관한 관심이 생겨 법무대학원도 다녔다. 경영학과 과목 중에서는 조직행동론, 리더십, 소비자행동론, 인사관리 등에 재미를 느꼈고 법학과 과목에서는 내가 살아가면서 꼭 알아야 하고 필요한 생활 법률인 민사법 과목에 흥미를 느꼈다. 그중에서도 민사소송법과 민사집행법 과목이 재미있었다. 여기에 그치지 않고 학식과 인품을 겸비한 훌륭한 스승님을 만나 법학 박사 학위도 받았다. 가끔 주변 친구들이나 사람들과 대화를 하다 보면 나에게 이렇게 말한다.

"그것도 해 봤어?"

거기도 가 봤어?

대학교 4학년 1학기 때 취업을 하게 되었다. 취업을 하게 된 것도 군대에 지원하자고 했던 동진이 형 때문이었다. 그때 당시 온라인상으로 한참 구직자들을 위한 취업 포털 사이트가 인기가 있었다. 나는 학생이었고 당연히 취업은 나에게 호기심의 대상이 아니었다.

복학생에 대선배였으므로 학교에 가면 후배들이 반갑게 인사도 해 주고 아는 친구들도 많이 있고 대부분의 교수님하고도 친하게 지내고 있어서 학교는 나에게 보금자리이자 천국이 따로 없었다. 그것뿐이겠는가? 새로 입학한 병아리 신입생들도 귀엽고 새로 유학이나 교환 학생으로 온 외국 친구들도 사귈 수 있어서 순간순간이 나에게는 황금 같은 시간이었다.

동진이 형이 나에게 한마디 했다.

"나 이력서 작성해서 취업 사이트에 올릴 건데, 너도 같이 해 볼래?

"아, 그래요? 형, 근데 나는 아직 학기가 남았는데 올려도 될까요?"

"여기에 올린다고 다 연락이 오지는 않아. 그리고 언제 연락이 올지도 모르고…. 그러니까 같이 한번 올려 보자. 궁금하지 않니? 어느 회사에서 나의 이력서를 보고 연락이 올지."

동진이 형의 말을 듣고 갑자기 내 마음 깊숙한 곳에서 호기심이 꿈틀거리기 시작했다.

"형, 이력서 어떻게 쓰는 거예요? 좀 알려 줘요. 아니, 형이 먼저 쓰고 좀 보여 주세요. 나도 따라 쓸게요."

그렇게 하고는 1시간도 채 지나지 않아 1장짜리 이력서를 쓰고는 취업 사이트에 이력서를 등록했다.

그때가 아마도 목요일이었던 것으로 기억한다. 그다음 날 바로 전화가 왔고, 나는 월요일에 학교가 아닌 나를 불러 준 회사에 가서 면접을 봐야 했다. 문제는 옷이었다. 학교에서는 주로 오른쪽 위에 '재궁동'이라고 새겨져 있는 자줏빛 운동복을 교복처럼 입고 다녔고, 여분의 옷은 운동복 몇 벌과 청바지가 전부였다. 회사에 면접을 보러 가려면 양복에 넥타이를 매고 광이 나는 구두를 신어야 하는데, 몇 년간 신었던 구두는 있었는데 양복에 넥타이는 없었다. 그리고 와이셔츠도 없었다.

이걸 어떻게 하나? 잠시 고민을 하던 중, 이미 내 손은 친구 선구에게 전화를 하고 있었다. 고등학교 친구인 선구는 나와 다른 학교를 다녔는데, 같은 동네에 살았고 양복도 있었다. 선구는 친구들 중에 꽤 잘살았고, 심성도 착한 친구였다. 나에게도 옷을 바로 빌

려주는 그런 착한 친구였다. 친구의 양복 덕분인지 나는 바로 취직이 되었다. 나의 보금자리이자 천국인 학교를 배신하고 말이다.

그러나 나는 그 좋은 직장을 일주일도 채 다니지 못하고 그만두고 말았다. 이유는 단 한 가지, 술이었다. 혹자는 내가 매우 활발하고 외향적이며 어디를 가도 잘 노는 성격이라 술을 잘 마실 거라고 생각하는데, 아빠를 닮아서 그런지 나는 맥주 한 잔도 잘 못 마시는 체질이다. 아마 대학 때 내가 마신 술을 다 합쳐도 맥주 몇 병, 소주 한 병 정도밖에 되지 않을 것이다. 그런 나에게 업무가 끝나면 고참은 업무의 연속이라면서 저녁을 먹으면서 자연스럽게 소주와 맥주를 시켰고, 중국집에 가면 알코올 도수가 높은 고량주도 시켰다.

과장님이나 대리님은 술을 잘 못하면 마시지 말라고 하셨는데, 사회에 첫발을 힘차게 디딘 나로서는 선배님들의 건배와 분위기를 외면하기 어려웠다. 그래서 그냥 마셨다. 한 잔도 마시고, 두 잔도 마시고, 주는 대로 다 마셨다.

나는 다음 날 출근하는 지하철에서 퇴사를 결정했다. 내가 생각했던 회사 생활이 아니었고, 회사 생활이 호기심만으로는 되지 않는다는 걸 느꼈다. 그래서 회사에 출근하자마자 대리님에게 잠시 드릴 말씀이 있다고 하고는 작별 인사를 했다. 그때 처음 면접관으로 들어왔던 인사팀 대리님이 오더니 무슨 일이냐며 재차 물어보기도 하고 다시 한번 시간을 줄 테니 생각해 보라며 기회를 주셨지만, 나는 이곳에서 근무하기에 실력도 없고 능력도 안 되는 것 같아 죄송하다고 하고 회사를 그만두었다. 그리고 바로 다음 날 학교 수업을 들으러 갔다.

나에게는 돌아갈 나의 보금자리가 있어서 참 좋았다. 첫 직장은 그렇게 막을 내렸지만, 그다음에는 미국계 금융 회사를 들어가게 되었다. 나는 또 다른 신선한 충격과 함께 호기심이 가득한 장소에서 두 번째 사회생활을 시작하게 되었다. 아니나 다를까 또 다른 문제가 나를 기다리고 있었고, 당장 해결해야 할 문제는 영어 회화와 문서 번역 그리고 영어로 이메일을 쓰는 것이었다.

전산 시스템도 영어로 되어 있었고, 주고받는 이메일도 영어로 써야 했다. 게다가 주변에는 인도 사람과 미국 사람도 있었고 가끔 다른 나라 사람들도 오고 갔다. 다행히 술자리가 잦은 분위기는 아니어서 좋았는데, 영어가 나의 발목을 꽉 잡고 있었다.

그렇게 스트레스를 받고 있는데 법무팀에 계시는 손 팀장님께서 잠깐 따라오라며 편의점으로 나를 데리고 가셨다. 거기에서 우유와 삼각김밥을 사 주시면서 얼굴이 왜 이렇게 어둡냐며, 무슨 일이 있냐며 나를 살펴 주셨다.

"팀장님, 사실은 제가 영어 때문에 스트레스를 많이 받고 있습니다."

그렇게 말했더니 팀장님은 웃으시면서 말했다.

"야, 너 입사한 지 며칠이나 됐다고 벌써 스트레스를 받고 있냐?

나는 15년째 영어 때문에 스트레스를 받고 있는데…."

우리는 서로를 쳐다보고는 우유를 마시고 삼각김밥을 먹으면서 웃었다. 말없이 서로의 스트레스를 해소해 주었다.

"하진아, 너무 급하게 생각하지 말고 회사에서 학원비 지원해 주니까 새벽이나 회사 끝나고 저녁 시간 이용해서 학원을 다녀 보는 게 어떨지 생각해 봐."

그 조언에 다음 날 나는 영어 학원 새벽반에 등록했다. 그렇게 약 7년간 거의 빠지지 않고 영어 회화 학원을 다녔고, 우리나라에 있는 대부분의 영어 학원 회화반을 번갈아 다니며 영어를 배웠다. 주말에는 영어를 잘하는 태섭이와 만나 이태원이나 미군 부대 주변에 있는 식당에 들러 외국인 친구들과 대화를 시도했고, 그것도 부족하다고 생각하여 3~5개월에 한 번씩 그리고 여건이 허락하는 대로 영어를 사용할 수 있는 주변 나라를 여행했다.

학원에서 배운 영어를 한 단어라도 현지에서 사용하기 위한 것이 제일 컸지만 비행기를 타기 위해 공항에 간다는 그 자체만으로도 나는 매우 즐거웠다. 게다가 비행기 안에서 운이 좋으면 옆자리의 영어를 할 수 있는 친구들도 사귀었다. 승무원들이 음료수나 식사를 주면 영어 문장을 외워 일부러 영어로 질문하고 영어로 콜라를 주문하는 등 실생활에서 사용할 수 있는 영어 회화를 하나씩 말했다. 그렇게 해서 지금까지 약 20개국의 나라를 다녀온 것 같다.

영어를 공부하기 위해서도 갔고, 전화로 영어를 가르쳐 주셨던 필리핀 마닐라에 사는 쥬디(Judy) 선생님과 그 가족들을 만나러 가기도 했고, 가족 여행이나 출장으로 다녀오기도 했다. 가장 기억에 남는 나라나 다시 가 보고 싶은 나라를 꼽으라면 나는 시간이 허락한다면 인도에 다시 한번 가 보고 싶다.

인도는 장일이 형하고 비행기 표만 끊고 막무가내 자유 여행으로 주말을 붙여 약 9일간 갔는데, 영어도 많이 사용했지만 친구들도 많이 사귀었다. 게다가 뉴델리에서 잠자리가 마련된 기차를 타고 11시간을 가서 도착한 바라나시의 갠지스강은 아직도 내 기억에 고스란히 남아 있다.

인도 사람들은 그곳을 신성의 강(Holy River)이라고도 부르는데, 아무것도 안 하고 몇 시간을 그냥 앉아 있어도 참 평화롭고 고요했다. 그곳에 다시 한번 가 보고 싶다. 20개국이나 갔으니 얼마나 할 얘기가 많고 일화도 많겠는가? 그래서 친구들과 만나거나 크고 작은 모임에서 여행에 관한 이야기를 하면 누가 어떤 말을 하든 나는 그 이야기의 주인공이 되어 내가 겪었던 경험담이나 즐거웠던 추억을 이야기하곤 한다.

이곳저곳 다니면서 나와 소중한 인연을 맺어 준 나의 친구이자 인도 델리대학교에서 학생들을 가르치고 있는 사친(Sachine), 필리핀 보라카이에서 가이드를 하고 있는 알제이(Arjay), 태국에서 만난 베트남 친구 엔지에이와 큐엔(NGA & Quyen), 네덜란드 암스테르담에서 만난 마음씨 좋은 친구 안드레아스(Andreas), 독일에서 만난 방글라데시 친구 사이프(Saif) 등 지금도 내 친구들이 너무나 보고 싶고 그립다. 친구들아! 다들 잘 지내고 있지? 우리 기회가 된다면 언제 한번 다시 만나자.

오늘도 나는 영어 스피치 클럽인 토스트마스터스 클럽(Toastmasters Club)에서 내가 경험했던 소중한 추억들을 하나씩 영어로 이야기한다. 그리고 나의 친구들이 다시 나에게 물어본다.

"거기도 가 봤어?"

세상이 나의 놀이터

어제도, 지금도 그리고 내일도 나에게는 보이는 모든 것이 친구이고 어디를 가도 놀이터에서 노는 천진난만한 아이처럼 재미있고 즐겁다.

세상 모든 것이 궁금했고, 새로운 건 뭐든지 알고 싶었고, 누구와도 친한 친구가 되길 원했다. 그렇게 유년기, 청소년기를 보내고 사회에 나와서도 나는 변하지 않았다. 그저 시간이 지남에 따라 자연히 늘어만 가는 나이와 유전인지 미세먼지 같은 환경 탓인지 아니면 잘못된 식습관 탓인지는 모르겠지만 시간이 지날수록 머리가 훤히 들여다보이는 것 빼고는 변한 게 없다. 그래서 지금 이 순간에도 나는 행복하다.

첫 직장에서 실패한 뒤, 미국계 금융 회사에서 정확히 5년 4개월을 근무했을 때였다. 본사의 방침이었는지는 모르겠지만 국내의 대형 금융사와 전략적 제휴를 맺으면서 정들었던 직장을 옮겨야만 하는 상황이 되었다. 그래서 직장을 옮기게 되었다.

그때도 운이 참 좋았던 것 같다. 내가 모셨던 부장님과 어느 멋진 헤드헌터(회사에서 필요로 하는 직무를 가진 사람을 찾아 스카우트하는 직업)분의 적극적인 추천으로 이번에는 스웨덴계 금융 회사에서 근무하기 시작했다. 나름대로 영어 공부를 열심히 했다고 생각했는데 외국인만 보이면 긴장되는 건 어쩔 수가 없었다.

토종 한국인에다가 체계적으로 배운 영어가 아니었고, 학원에서 배우면 그날그날 바로 사용할 수 있는 서바이벌 영어를 공부하다 보니 당연히 문법에도 맞지 않고 말도 서툴렀다. 한마디로 '콩글리시(Konglish=Korean+English)'였고, 그 순간의 재치로 그동안 외국계 회사에서 근무할 수 있었다.

사실 스웨덴계 회사에서 스카우트 제의가 들어온 사람은 내가 아니라 부장님이었다. 그런데 부장님이 나를 부르시더니 그 자리에 추천해 주셔서 그때도 아무 생각 없이 얼떨결에 면접을 보러 갔던 것 같다. 내가 좋아하는 부장님이 도전해 보라고 하셔서 그냥 했다. 면접장은 서울 논현동에 있는 모 호텔 맨 꼭대기 층에 있는 손님 응접실 같은 곳이었는데, 스웨덴분을 만나나 했더니 KFC의 모델 할아버지처럼 생긴 연세가 지긋한 프랑스 사장님이 나를 기다리고 계셨다.

그 순간 초조와 긴장이 나의 정신과 육체를 지배하고 있었고, 등에서는 땀이 주르륵 나고 있었다. 그러나 한편으로는 이 상황이 너무 즐거웠고 나의 호기심을 자극하기에 충분했다. '내가 프랑스 사람과 일 대 일로, 그것도 영어로 대화를 한다고?', '과연 그분이 나의 콩글리시를 알아듣고 이해하실까?', '내가 지금 이 시간을 위해 준비한 내용을 충분히 전달할 수 있을까?' 등등 나는 궁금해지기 시작했다. 무엇보다 '면접이 끝나고 나면 저분이 나를 어떻게 평가하실까?'라는 궁금증이 초조함과 불안함보다는 더 앞섰다.

서로의 이름을 확인한 후, 눈인사를 하고 면접을 보기 시작했다. 그리고 나는 속으로 빛의 속도로 기도한 후 한 가지는 꼭 말하고 가겠다고 다짐했다. 그 한 가지는 내가 준비하고 외웠던 A4 1장 분량의 나의 인생사였다. 그렇게 시간이 흘렀고 나는 마지막에 그분께 꼭 드릴 말씀이 있다며 내가 준비해 온 나의 인생사를 큰 소리로 말씀드린 후 면접을 마무리했다. 30분쯤 지났나 하고 나와서 시간을 보니 무려 3시간이 지난 후였다. 그때가 내가 가장 길게 한 영어 인터뷰이다.

한 달쯤 후에 프랑스 사장님은 나를 선택해 주셨고 그렇게 나의 세 번째 직장 생활이 시작되었다. 시간이 흘러 사장님과 조금 친해졌다고 생각했을 무렵, 나는 미궁 속에 빠졌던 나의 호기심을 해결하기 위하여 사장님께 여쭤봤다. "사장님, 그때 면접 보셨을 때 저를 어떻게 생각하셨어요?", "제가 영어로 말을 했을 때 얼마나 이해하셨어요?" 등등 사장님은 내가 말하는 것을 들으시더니 아주 짧게 한마디 해 주셨다. "다른 건 기억이 안 나는데 호기심 많은 눈빛이 강렬했다."라고….

그 후로 6년간 프랑스 사람, 영국 사람, 스웨덴 사람, 핀란드 사람 등과 함께 일하면서 직장이 놀이터인지 놀이터가 직장인지 구분을 못 할 정도로 최선을 다해 일하고 최선을 다해 놀았던 것 같다. 그렇게 시간이 지나니 정작 한국 회사가 궁금해졌다. 매일 영어 때문에 스트레스를 받고 아무리 이해하기 쉬운 일도 영어로 설명하고 영어로 보고서를 작성해야 했으니 나로서는 여간 어려운 일이 아니었다. 그래서 한국 회사로 이직을 했고 5년간 재미있게 직장 생활을 했다.

지금은 다시 미국계 회사로 자리를 옮겨 러시아계 미국 상사와 함께 영어 스트레스를 한 몸에 받으면서 재미나게 일하고 있다. 여기가 직장인지 놀이터인지 구별이 안 될 정도로 말이다.

끝판왕

앞에서 밝힌 생생한 어린 시절 경험담을 통해 내가 왜 그렇게 호기심으로 가득 찬 시간을 보내면서 살았는지 충분히 짐작했으리라 생각한다. 이외에도 내가 보고, 듣고, 자라는 시간 동안 나의 호기심을 자극한 것이 셀 수도 없이 많았다.

그렇게 나는 성장했다. 호기심으로 가득한 어린 시절의 경험 덕분에 호기심에 대한 나의 열정은 그대로다. 그러나 이제는 대상에 따라 강약을 조절하게 되었고, 모든 것에 호기심을 느끼는 것이 아닌 내가 정말로 즐거워하고 재미있어하는 것들로 호기심의 대상이 정리되었다.

나의 멘토(mentor)이자 정신적 스승인 장일이 형은 나에게 이런 명언을 남겨 주었다.

"세상에 버릴 것은 하나도 없어. 이렇게 살아왔는지 저렇게 살아왔는지, 그리고 그렇게 살아온 날들이 지금에 와서 나에게 도움이 되고 있는지 되고 있지 않은지가 중요한 게 아니야. 좀 더 살아 보면 살면서 경험했던 이런저런 것들이 언젠가는 기억되고 소중해지는 추억임을 알게 될 거고, 동시에 그것들이 경험으로 살아나 인생의 지침서가 되어 줄 거야."

지금 이 시각에도 나는 모든 것이 궁금하다. 그리고 하루하루가 재미있다. 내가 좋아하고 즐거워하는 것들이 바로 지금 내 앞에서 나를 기다리고 있기 때문이다. 나는 호기심의 '끝판왕'이기 때문이다.

2장

헝그리 정신의 힘

태섭이를 만나다

대학교 2학년 때의 일이다. 친구들보다 군대에 일찍 갔던 탓인지 내가 복학을 했을 때, 내 친구들은 군대에 있거나 워킹 홀리데이로 미국이나 호주에 가 있었다. 그리고 친구 중에는 신문 장학생이라는 제도를 통해 일본으로 공부하러 간 친구도 있었다. 친구들이 곁에 없어 심심할 법도 하지만 또 다른 나의 세상은 바로 다가왔다.

처음 보는 후배들이 "선배님, 안녕하세요? 저 ○○학번 윤△△입니다."라거나 "저 ○○학번 이△△입니다. 선배님, 배가 고파요. 밥 사 주세요."라며 다가왔고, 3학년이나 4학년이 된 대선배님들은 "어? 복학한 거야? 빨리 왔네."라고 반겨 주기도 했다. 그 외에도 다른 과 신입생은 물론 알고 지내던 선배들을 만나 나의 영역을 넓혀 가기 시작했다. 학교에 있는 강의실, 휴게실, 복도, 운동장, 식당 등이 나의 무대였고 나는 화려하게 데뷔했다.

그렇게 3월, 4월이 지나 5월이 되었다. 중간고사도 끝나고 날씨도 참 좋았던 어느 날, 학교 축제 기간이 되었다. 나는 어느 동아리에도 소속이 되어 있지 않았다. 처음에는 내가 좋아하는 댄스 동아리나 응원단 같은 동아리에 들어가려고 했다. 그러나 선배나 친구들을 보니 동아리에 소속되어 있으면 동아리 친구들과 어울리고 동아리 친구들과 동고동락하느라 다른 동아리 친구들과 함께 시간을 보내는 게 쉽지 않아 보였다. 그래서 나는 전국구로 놀기로 마음먹고 댄스 동아리에 호기심이 있으면 댄스 동아리에 소속되어 있는 친구를 만나고, 방송국이 궁금하면 방송국 후배와 만나서 놀고, 학교 신문사가 궁금하면 신문사 편집장으로 있던 후배와 만나 즐거운 시간을 보냈다.

축제 날에도 동아리나 과별로 먹거리도 팔고 놀 거리를 만들 수 있게 학교 측에서 부스를 배정해 주었는데, 나는 전국구의 자유로운 몸이라 내가 좋아하는 친구들과 함께 삼삼오오 짝을 지어 축제 장소 이곳저곳을 돌아다니면서 즐거운 시간을 보냈다. 그렇게 즐거운 시간을 보내고 있는데 저 멀리서 일본인 유학생 후배와 다른 친구가 걸어오고 있었다. 우리는 반갑게 통성명을 했고 그때 나는 운명과도 같은 친구 태섭이를 만나게 되었다.

태섭이는 나와 나이는 같은데 1년을 늦게 입학하여 학번으로는 나보다 후배였다. 살다 보면 유난히 나이와 학번에 민감하여 나이가 같더라도 "내가 빠른 ○○년 생이니까 내가 형이다.", "내가 너보다 학번이 빠르니까 선배라고 불러라.", "내가 너보다 군번이 빠르니까 만나면 인사해라."라고 말하는 친구들이 있다. 반면에 나는 내가 좋아하고 나와 인연을 맺은 상대방이 허락한다면 나이가 같으면 친구, 나이가 많으면 형, 누나, 나이가 어리면 그냥 친한 동생으로 관계를 유지해 나갔다. 학교에서나 사회에서나 어느 모임에서나 그랬고, 지금도 그렇게 살고 있다.

처음 본 태섭이는 말에 무게감이 있었고 충청도 사투리를 구수하게 구사했으며 따뜻한 인상을 주는 포근한 사람이었다. 알고 보니 같은 과 후배였다. 근데 내가 왜 여태껏 태섭이를 몰랐는지 내가 생각해도 신기했다. 그러고 나서 대화를 나누었는데, 태섭이는 학교 수업이 있는 날에만 학교에 나오고 학교에 오지 않는 날에는 주로 아르바이트를 한다고 했다.

나는 학교 수업이 있거나 없거나, 수업 시간에나 수업 시간 후에나 웃고 장난치고 놀면서 시간을 보냈다. 그런 나와는 정반대의 삶을 살고 있는 태섭이를 내가 알 리가 없었다. 그리고 나는 태섭이에게 바로 물어봤다.

"너는 뭐 하면서 재미를 느껴?"

그렇게 말하기가 무섭게 태섭이는 바로 나에게 정신 교육을 시키기 시작했다. 내 인생에서 가장 큰 가르침을 받은 날이라 해도 과언이 아니다. 그리고 그 가르침은 나의 인생이 또다시 한 단계 성장하는 계기가 되었다. 바로 '헝그리 정신(hungry 精神)'을 계승한 날이었다.

헝그리 정신을 국어사전에서 찾아보면 '빈곤하고 굶주린 상태와 같이 아무것도 가진 것이 없는 듯한 마음으로 무엇이든지 열심히 하는 자세'라고 되어 있다. 말만 들어도 느낌이 팍팍 왔지만, 태섭이는 이 정신의 뜻을 그의 인생 경험에 비추어 자세하게 설명해 주기 시작했다. 그리고 나는 바로 그 친구의 가르침을 흡수하여 헝그리 정신의 계승자가 되었다.

태섭이는 새벽에도 아르바이트를 하고 수업이 끝나고 난 후 저녁에도 아르바이트를 했다. 물론 주말에도 쉬는 날이 없었다. 그리고 태섭이를 만나고 난 후부터 나도 태섭이를 따라 그 길을 걷기 시작했다. 책에서 보고 친구에게서 들은 내용만으로 헝그리 정신을 실천하고 있다고 말할 수는 없었다. 직접 몸으로 느끼고 경험해 봐야 비로소 알 수 있는 고귀한 정신이었다. 내가 곧 헝그리 정신이고, 헝그리 정신이 곧 내가 되었다. 그렇게 태섭이와 함께한 시간이 지금에 와서는 무엇이든지 소홀하지 않고 열심히 하는 자세를 갖추는 계기가 되었다. 마음가짐도 헝그리 정신과 같게 하니 어떤 힘들고 어려운 순간이 다가와도 반갑게 맞아 즐기게 되었다.

나의 친구이자 헝그리 정신의 스승인 태섭아! 너를 만나 내가 더 감사하고 즐겁게 살게 되었어. 고맙고 또 고맙다, 친구야!

태도가 전부다

헝그리 정신으로 무장한 채 사회생활을 시작했던 나도 무지에서 나오는 업무 능력의 저하는 어떻게 해결하거나 막을 방법이 없었다. 물론 직장 선배에게 도움을 요청해 그 순간의 위기는 모면할 수 있을지 몰라도 근본적인 문제는 해결할 수가 없었다. 오롯이 나만의 문제였고 내가 해결해야만 하는 숙제였다. 그건 내가 풀어야 할 인생의 동반자 '영어'라는 친구였다. 영어 때문에 스트레스를 받는 날이 많아지고 평소 성격과는 다르게 얼굴에서 웃음이 점점 사라지고 있을 즈음, 과장님이 나를 부르셨다.

"하진아, 이번에 영어 공부를 제대로 할 수 있는 기회를 줄 테니까 잘해 봐. 알았지?"

그러고는 오늘 업무 시간 끝나고 자리를 저쪽으로 옮기라고 하셨다. 무슨 일인지 궁금했지만 더 이상 여쭤볼 수는 없었다.

금요일이 되었다. 과장님이 다시 부르시더니 다음 주 월요일부터 6개월간 인도에서 온 루디(본명은 Shantanu Chakraborty였다)라는 직원이 와서 같이 일을 하기로 했으니까 루디를 도와 일하면서 이번 기회에 영어도 열심히 해 보라고 하셨다. "네, 열심히 하겠습니다." 라고 대답하고 자리로 돌아오자 만감이 교차했다.

태어나서 인도 사람은 본 적도 없고, 본 적이 없으니 당연히 말을 한 적도 없는데 다음 주부터 당장 내 옆자리에서 나와 6개월간 영어로 의사소통하면서 일을 하게 된다니. 이게 웃어야 할 상황인지 울어야 할 상황인지 헷갈렸다. 그때 나는 사회 초년생 사원이었고 루디는 당연히 나보다는 직급이 높은 상사였다. 그렇게 주말을 고민하고 또 고민하면서 보냈다.

월요일이 되었고, 내 앞에 루디가 나타났다. 나는 기다렸다는 듯이 준비한 인사를 반갑고 다정한 목소리로 했다.

"Hello, Nice to meet you. My name is Harry."

나는 영어 이름이 없었는데, 영어 학원 선생님이 'Harry'라고 지어 주셨다. 그때 <해리가 샐리를 만났을 때>라는 영화가 있었던 것 같다. 그렇게 인사를 하고는 바로 자리에 앉아 모니터만 뚫어지게 쳐다보고 또 쳐다보았다.

마음은 천둥 번개 치듯 떨리기 시작했고, '제발 나에게 아무 말도 걸지 말아 주세요.'라는 주문을 수도 없이 외웠다. 그렇게 루디와의 첫 만남은 다행히 아무 일도 없이 무사히 보냈다. 그다음 날에도 인사는 누구보다 반갑게 했으며 바로 모니터와 친구가 되어 또다시 주문을 외웠다.

그렇게 서먹서먹한 관계로 하루, 이틀을 보내고 사흘쯤 되었을 때 루디가 답답했던지 나에게 잠깐 회의실에서 보자고 했다. '드디어 올 게 왔구나!'라고 예상은 했지만 그 상황을 피하거나 모면할 수는 없었다. 그 누구도 이 상황을 대신해 줄 수는 없었다. 그리고 나는 루디를 따라 회의실로 들어갔다.

루디는 노트북을 들고 들어와 빔 프로젝터에 연결하더니 나에게 간단한 퀴즈를 내겠다며 프리젠테이션을 열어 보여 주기 시작했다. 그 퀴즈는 "A small truth to make life 100%"라는 제목으로, 해석하면 "삶을 100%로 만드는 작은 진실"이라는 뜻이었다. 그러면서 이야기가 시작되었다.

만약 A가 1이고, B가 2고, C가 3이고… Z를 26이라는 숫자로 가정을 했을 경우 삶을 100%로 만드는 한 단어를 맞추는 퀴즈였다. 그러면서 루디는 친절하게 예를 들어 주었다. 'HARDWORK'는 H=8, A=1, R=18, D=4, W=23, O=15, R=18, K=11이었고 이 숫자들을 모두 더하면 98%이었다. 100%와 가장 가까운 숫자가 나왔지만 100%가 아니므로 이 단어는 여기에서 말하고자 하는 정답이 아니었다. 다음으로 'KNOWLEDGE'를 예로 들어 주었고 이 단어를 각 숫자에 대입했더니 96%가 나왔다. 이렇게 해서 'LOVE'는 54%, 'LUCK'은 47%, 'MONEY'는 72% 그리고 'LEADERSHIP'은 89%가 나왔다. 그때, 루디가 나를 보더니 이렇게 말했다.

"모든 문제는 답을 가지고 있고 내가 내는 퀴즈 또한 답이 있어.

그걸 생각해서 한번 맞춰 봐."

나는 땀을 삐질삐질 흘려 가면서 정답을 찾고자 'HARMONY'도 생각해 보고 'FAMILY'도 생각해 보았다. 'ENJOY'나 'BEHAVIOR', 어떤 단어를 대입해도 '100'이라는 숫자가 나오지 않았다. 그렇게 시간이 흐른 후, 루디는 나에게 여기를 보라면서 그 단어를 가르쳐 주었다.

퀴즈의 정답은 바로 'ATTITUDE'였다. '태도', '마음가짐'이라는 뜻이었다. A = 1, T = 20, T = 20, I = 9, T = 20, U = 21, D = 4, E = 5를 모두 더하니 정확히 100%가 나왔다. 나는 'ATTITUDE'라는 단어는 알고 있었는데 그 단어가 여기에서 말하는 퀴즈의 정답이라고는 생각할 수 없었다. 그렇게 정답을 말해 주고 난 후, 루디는 다음 말을 이어 갔다.

"살아가면서 그리고 일을 할 때 우리의 삶을 100%로 만드는 것은 우리가 가지고 있는 태도이고, 태도는 모든 것이야. 즉, 태도를 바꾸면 삶도 바뀌고 일하는 방식도 바뀌지."

루디는 이 퀴즈의 마지막 장을 보여 주었고, 이제는 여기에서 말하고자 하는 답을 알게 되었으니 어떻게 해야 하냐고 재차 물었다. 그러면서 적어도 너와 함께하는 사람들과 이 메시지를 나누고 같이 실천해 보자고 했다. 루디도 이 자료를 인도의 어느 상사로부터 소개받았고 본인도 이 퀴즈를 풀고 난 후 삶을 향한 태도, 즉 마음가짐이 많이 바뀌었다고 했다.

영어를 잘하고 못하고의 문제는 중요한 요소가 아니고 어떤 태도를 가지고 살아갈 것이냐 하는 근본적인 마음가짐을 생각해 보라고 했다. 그러면서 영어는 내가 도와줄 테니 나보고는 한국말을 가르쳐 달라고 했다. 그 후 나는 루디와 둘도 없이 친한 사이가 되어 업무 시간이 끝나면 명동에도 놀러 가고 우리 집에 초대하여 부모님도 소개해 주었다. 엄마가 정성껏 만들어 주신 김치찌개도 같이 먹으면서 손짓, 발짓을 해 가며 의사소통을 하는 등 추억을 쌓아 나갔다. 그리고 루디가 6개월의 한국에서의 업무를 마감하기 전에 우리는 둘이서 중국을 여행하며 마지막 추억을 만들었다.

나에게 "Attitude is everything(태도가 전부다)."라는 명언을 남겨 준 루디를 그 후에 볼 수는 없었지만, 아주 가끔 SNS로 안부를 주고받고 있다.

나의 영어 선생님이자 친구인 루디! 내가 영어 때문에 포기할 뻔했던 직장 생활에 손 내밀며 다가와 커다란 인생의 명언을 남겨 줘서 고마워. 평생 간직하면서 살게!

배가 고파야
움직인다

헝그리 정신을 계승하고 태도가 전부라는 최고의 가르침까지 얻었으니 이만하면 누구를 만나거나 무슨 일을 해도 어렵지 않게 적응하며 감사하게 하루하루를 살 수 있었다. 그리고 나는 결혼 전까지 월급을 받으면 전부 엄마에게 드렸고 내가 쓰는 돈은 가끔 아르바이트를 하면서 벌었다.

모아 둔 돈으로 서울에 있는 작은 아파트에 전세를 얻어 결혼생활을 시작했다. 즐겁게 일하고 감사하게 생활하니 집에서도 즐겁고 직장에서도 즐거웠다. 어딜 가도 즐거웠고 무엇을 해도 즐거웠다. 사회생활을 하면서는 의도하지 않았지만 주변에 나보다 나이가 많은 인생의 선배들을 주로 만나게 되었고, 대학원 모임이나 내가 재미있어하고 흥미로워하는 모임에 나가도 주로 인생의 선배님이 많았다. 자연스럽게 살아가면서 해 보지 못한 간접 경험을 인생의 선배님들로부터 듣게 되었고 내가 좋아하는 선배님들이 말하는 모든 것은 바로 흡수하여 실천하면서 살았다.

어느 날, 사회가 어떻게 돌아가고 무엇이 우리 사회를 움직이는지가 궁금해서 관련된 모임을 찾아서 참석하게 되었다. 세무사님이 재능 기부 형식으로 매주 수요일 저녁 7시부터 10시까지 총 4회에 걸쳐 경제나 경영 이야기를 해 주셨는데, 첫 번째 시간에 스치듯 내 마음을 사로잡은 한마디가 있었다. "사람은 배가 고파야 움직인다."라는 명언이었다.

언뜻 듣기에는 심금을 울릴 정도의 말도, 뭔가 있어 보이는 말도 아닌 것 같지만 이 말은 생각하면 할수록 명언 중의 명언이다. 그리고 정확하다. 사람은 배가 고파야 움직인다. 이 말을 반대로 해 보면 "사람은 배가 부르면 움직이지 않는다."라는 뜻이 된다. 배가 부르면 나태해지고 배가 부르면 열심히 살지 않게 된다. 다시 생각해 봐도 이건 최고의 명언이다. 그리고 이 말이 비단 먹는 것에만 한정하지는 않는다.

어렸을 적 집에서 혼자 놀다가 배가 고프면 몸을 움직여 냉장고를 열어 먹을 것을 찾았고, 배가 부르면 행복감에 누워서 빈둥빈둥하던 생각이 난다. 학교에 다니면서도 시험공부를 충분히 했다고 생각되는 순간, 더 이상 집중력이나 의욕이 생기지 않았다. 시험 시간에 충분히 생각하고 집중했더라면 틀릴 수 없는 문제도 자주 틀리곤 했다. 반대로 시험 시간이 다가오는데 뭔가 공부가 부족했거나 모자란다는 생각이 들 때면 교수님이 시험지를 나누어 주시는 바로 그 순간까지도 집중을 했고, 그렇게 틀릴 만한 문제도 맞았던 기억이 난다.

아르바이트를 하거나 일을 해서 통장에 돈이 쌓이거나 지갑에 돈이 좀 모였다 싶으면 잘 입던 옷도 금방 싫증이 나서 다른 옷을 사게 되었고, 너무 비싸거나 마음에 들지 않는다는 이유로 바로 후회한 적도 많다. 잘 사용하던 휴대 전화가 갑자기 고장이 났으면 좋겠다고 주문을 외우거나 되지도 않는 이런저런 이유를 갖다 붙이기도 했다. 일부러 떨어뜨려서 새로운 휴대 전화로 바꾸고 난 후의 즐거움도 잠시, 통장에서 빠져나가는 돈을 보고 있으면 '내가 왜 그랬지?'라는 후회가 밀려왔다.

어느 상황에서도 이 명언을 생각하고 있다면 자만하거나 자랑하지 않게 되고 많이 가졌다고 좋아하거나 적게 가졌다고 슬퍼하지도 않게 된다. '인지상정(人之常情)'이라는 말이 있지 않은가? 사람은 누구나 똑같다. 적게 가지고 있으면 많이 가지고 싶고, 많이 가지고 있으면 더 많이 가지고 싶은 게 인간의 마음이다.

'로또'가 우리나라에서 처음으로 판매되기 시작했을 때, 1등 당첨금이 적게는 수십억에서 많게는 수백억이 되었다. 초창기에는 1등에 당첨될 확률이 낮아 당첨금이 수백억이 되기도 했다. 그리고 매주말이면 너도나도 1등 당첨 번호를 알고자 해서 로또 관련 단어가 늘 실시간 검색어 상위권에 있었다. 그리고 시간이 조금 흐른 후에 보도 기사가 하나씩 나오기 시작했다. 좋은 이야기가 아닌 부정적인 이야기로 말이다.

배가 너무 고파도 음식을 한꺼번에 많이 먹으면 체하듯이, 인생도 마찬가지인 것 같다. 가졌다고 자랑하지 않고 못 가졌다고 자책하지 않고 살면 된다. 많고 적음의 문제가 아니라 역시나 마음가짐의 문제이다.

나는 세무사님의 강의를 듣고 난 후부터 바로 내 삶에 적용했다. 배가 고파야 움직인다는 최고의 명언을 말이다.

신의 언어

친구들을 만나거나 사회생활을 하면 이런 사람도 만나고 저런 사람도 만나게 된다. 세상에는 참 다양한 사람이 있다. 어떻게 이렇게 많은 사람 중에 나와 똑같은 외모를 가졌거나 똑같은 옷을 입거나 똑같은 생각을 하는 사람이 없을까? '정말로 자세히 찾아보면 그래도 나와 같은 사람이 한 명쯤은 있지 않을까?'라는 생각을 한 적이 있다. 그러나 아직까지 나와 똑같은 사람은 보지 못했고 앞으로도 못 볼 것 같다.

나와 닮은 사람을 찾는 것은 실패했지만 성향이 같거나 말투가 비슷한 사람들을 종종 볼 때가 있다. 그런 사람들을 만날 때면 내심 신기하기도 하고 호기심에 일부러 말을 걸어 보기도 한다. 그리고 또 다른 공통점이 있는지 애써 찾아보기도 한다.

사회생활을 하면서는 유독 사람들에게 관심이 생기고 사람들이 하는 행동과 언어 구사력에 매력을 느끼게 되었다. 학교에서나 직장에서나 기타 다른 모임에서도 사람들의 성향이 대체로 비슷하다는 걸 느끼게 되었다. 그래서 '에니어그램'이나 기타 질문을 통해 '이 사람은 외향적인 성격이고 저 사람은 내성적인데 논리적이고…' 등등 성향이 비슷한 사람들을 구분할 수 있는 것이다.

내가 더욱더 관심 있게 보았던 것은 유독 어떤 사람 주위에는 사람들이 항상 모여 있고, 또 어떤 사람 주위에는 사람이 거의 없거나 소수의 사람이 있던 모습이다. 그래서 상반되는 그 두 명을 좀 더 자세히 살펴보았다. 이쪽에 가서 있어 보고 저쪽에도 있어 보았다. 처음에는 사람의 성격이나 성향에 따라 그 두 집단이 나뉘게 된다고 생각했다. 물론 어느 정도 영향은 있었지만 근본적인 이유는 아니었다.

바로 그 사람들이 사용하는 '언어'에 답이 있었다. '신의 언어' 말이다. 기억은 안 나지만 어느 책인지 광고인지에서 본 적이 있는 것도 같다. 신의 언어는 우리가 태어나면서 부모님, 친구, 주변 사람들로부터 수없이 많이 듣고 자란 5가지 말을 가리킨다. 그건 바로 "고맙습니다", "감사합니다", "미안합니다", "죄송합니다" 그리고 마지막으로 "사랑합니다"라는 일상적으로 쓰이는 말이다. 이 5가지 말을 아무런 거리낌 없이 대화하는 중간중간에 적절히 사용하는 사람 주변에는 사람이 많았고 이 말을 좀처럼 사용하지 않는 사람 주변에는 모여드는 사람이 적었던 것이다.

얼마 전 TV에서 영어를 아주 잘하는 한국 가수가 <Sorry seems to be hardest word>라는 팝송을 부르던 장면이 생각난다. 이 제목을 해석하면 "미안하다는 말은 가장 어려운 말 같아요."라는 뜻이다. 이 5가지 말은 살아가면서 가장 많이 듣는 말이고 가장 많이 들은 만큼 많이 사용해야 하는 말이다. 그럼에도 불구하고 이 말들은 부끄럽거나 속마음을 표현하기가 부담스럽다는 이유로 우리 삶 속에서 가장 사용하기 어렵고 힘든 말이 되었다.

직장 생활에서는 특히 더 그런 것 같다. 일을 하다가 실수도 할 수 있고 중요한 일을 깜빡하고 못 하게 되는 경우도 있다. 그건 당연한 것이다. 사람이 로봇도 아니고 어떻게 항상 완벽할 수가 있겠는가? 그럴 경우에 본인이 실수했거나 잘못했다는 것을 알고 "죄송합니다." 또는 "미안합니다."라고 한마디라도 했다면 그 상황은 해프닝으로 끝났을 것이고 바로잡을 수 있었을 것이다. 그런 말들을 그와 관계된 상사나 주변 동료들은 당연히 바라고 있었을 것이다. 그런데 주변에는 생각보다 이 말을 사용하는 사람들을 찾아볼 수 없고 하나같이 이런저런 핑계를 대기 바쁘다. 물론 나도 여기에 포함되는 한 사람이었다.

1종 보통 운전면허 필기시험을 보러 안산에 있는 운전면허 시험장에 간 적이 있다. 시험장에 도착해서 자리에 앉았는데 신분증을 깜빡하고 안 가져온 것이다. 시험 시작 시간은 다가오는데 신분증이 없으면 당연히 시험에 응시할 수가 없었다. 나는 아빠한테 전화했고 아빠는 어떻게 오셨는지 시험이 시작하기 전에 신분증을 가져다주시면서 "우리 아들 파이팅!"이라고 하시고는 가 버리셨다. 아빠 덕분에 시험을 볼 수 있었고 다행히 좋은 결과를 얻을 수 있었다. 그런데 시간이 한참 지나고 나서 지금 생각해 보니 나는 아빠한테 "고맙습니다."라고 말하지 못한 것 같다. 지금이라도 우리 아빠에게 그때로 돌아가 내 마음을 표현하고자 한다.

아빠 그때 일하시느라 바쁘셨을 텐데 너무나 감사했어요. 그리고 고마웠어요. 우리 아빠 최고! 사랑합니다.

'말 한마디에 천 냥 빚을 갚는다.'라는 속담처럼 말과 관련된 명언이나 좋은 말이 참 많다. 그리고 신이 인간에게 하사한 이 5가지 마법의 언어를 어느 상황에서나 누구를 만나더라도 적절히 마음을 다해 표현하고 사용한다면 지금보다는 조금 더 명랑한 사회를 만들 수 있지 않을까 생각해 본다.

다시 한번 다짐해 본다. 고마움을 느꼈으면 바로 고맙다고 이야기할 것이다. 감사함을 느꼈으면 바로 감사하다고 표현할 것이다. 미안한 일을 했으면 미안하다고 정중히 이야기할 것이며, 잘못한 일이 있으면 어떠한 핑계도 대지 않고 먼저 죄송하다고 말을 할 것이다. 그리고 "사랑합니다."라는 말을 입에 달고 살겠다고 다짐해 본다.

스키장에서
배영을 하다

사람들은 필요한 것이 있으면 관련 책을 찾아보거나 인터넷 검색 등을 통하여 알고 싶은 것을 찾아보기도 한다. 이렇게 우리는 알고 싶은 것이 있으면 여러 가지 경로를 통하여 삶에 바로 적용할 수 있는 세상에 살고 있다.

눈을 감고 가만히 생각해 본다. 나는 그동안 어떻게 필요한 지식과 알고 싶은 것들을 찾아왔지? 이런저런 생각을 하게 되지만 지금까지 살아오면서 나에게 가장 크게 도움을 준 것은 TV에 나오는 뉴스 정보나 인터넷 검색이 아니었다. 바로 사람이었다. 항상 내 옆에 있는 사람들이었다.

사람은 누구나 외로움을 느끼며 살아간다고 하지만 나는 특히나 외로움을 더 크게 느끼며 살아온 것 같다. 그래서 그런지 나는 만나는 사람마다 좋아했고 내 옆에 있어 주는 사람들이 참 감사하고 고마웠다. 지금도 그렇지만 나와 함께하는 사람들이 참 고맙다. 더 감사한 것은 내 옆에 있는 사람들이 내가 가진 호기심만큼이나 참 다양하다는 것이다.

어느 추운 겨울날 TV를 보는데 스키 대회가 열리고 있었다. 대회 참가자들은 멋진 스키복과 모자를 쓰고 산 정상쯤 되는 높은 곳에서 스키를 타고 요리조리 왔다 갔다, 마치 눈 위에서 자동차를 운전하듯이 새하얀 눈을 헤치며 잘도 내려왔다. 갑자기 나도 스키가 타고 싶어졌다. 그때 나이가 20대 중반쯤 되었던 것 같다. 그래서 친구 원철이에게 전화를 걸었다.

원철이는 초등학교 때 친구인데, 키는 나보다 작았지만 못하는 운동이 없었다. 그리고 항상 유행보다 앞서 새로운 것을 추구하고 하고 싶은 것을 하면서 사는 멋진 친구였다. 물론 스키도 잘 타는 친구였다.

"원철아, 나 스키가 타고 싶은데 나 좀 가르쳐 주라."

그렇게 말하기가 무섭게 이번 주 토요일에 스키장에 가자고 했다. 그리고는 내가 입을 스키복과 모자, 장갑 등 스키를 탈 때 필요한 것들을 모조리 챙겨 왔다. 그리고 우리는 양지스키장으로 향했다.

원철이는 스키장을 집 앞마당 나가듯 자주 다녔지만 나는 스키장이 처음이었다. 내 눈앞에 펼쳐진 스키장 풍경은 정말 아름다웠고 눈이 부실 정도로 멋있었다. 스키를 정말 잘 타는 사람들도 있었고 나처럼 처음 경험하는 사람들도 있는 듯했다. 리프트를 타고 정상을 향해 올라가는 사람들, 멋지게 넘어져 추억의 사진을 남기는 사람들, 그리고 연인과 함께 멋진 포즈를 취하고 '인생 샷'을 찍는 사람들도 있었다.

매우 설렜지만 동시에 매우 불안했다. 스키 부츠를 신고 스키를 타는 순간 바로 넘어졌다. 한참 그렇게 넘어진 것 같다. 원철이는 처음에는 누구나 다 넘어진다고 괜찮다고 하더니 저쪽으로 가서 스키를 가르쳐 주겠다고 했다. 그래서 간 곳은 리프트를 타는 곳이었고, 리프트를 타고 올라간 곳은 최고의 경사를 자랑하는 최상급 코스였다. 그때까지만 해도 나는 최상급이 뭐 하는 곳인지 중상급이 어떤 곳인지 알 수가 없었다.

리프트를 타는 것은 무서웠지만 어느 정도 올라갈 때쯤엔 하늘을 나는 것 같이 즐겁고 행복했다. 나는 불안했지만 원철이는 자유자재로 사진도 찍고 여유로웠다. 즐거움도 잠시, 리프트가 최상급에 머물렀고 우리는 같이 내렸다.

"원철아, 최상급이 뭐야?"

원철이는 피식 웃으면서 이렇게 말하는 게 아닌가!

"여기에서 아래로 내려가는 거야. 그럼 아래에서 만나자!"

그러고는 순식간에 내 앞에서 사라져 버렸다. 여기가 천국인지 지옥인지, 갑자기 불안해지기 시작했고 어찌할 바를 몰랐다. '원철이가 다시 올 때까지 기다려야 하나? 아니면 옆에 있는 사람들한테 나 좀 아래로 데려다 달라고 도움을 요청해야 하나?' 오만 가지 생각을 했고, 몹시 초조해졌다. 그리고 그렇게 한참을 이 사람도 쳐다보고 저 사람도 쳐다보았다. 신기하게도 스키를 못 타는 사람이 한 명도 없었다. 지금에 와서 생각해 보면 당연히 최상급 코스였으니까 잘 타는 사람들만 오는 곳이었지만 그때는 그 사실을 몰랐다. 그래서 나도 헝그리 정신을 바탕으로 도전해 보기로 했다.

지금 생각하면 위험하고 무모했으며, 아찔한 순간이지만 누워서 등을 스키 삼아 마치 수영장에서 배영을 하듯 그렇게 내려온 것 같다. 이렇게 하나 저렇게 하나 어쨌든 나는 난생처음 가 본 스키장에서 최상급 코스를 경험했다. 그런데 더 신기한 것은 그렇게 천국과 지옥을 넘나들면서 내려오니까 그다음부터는 스키를 오랫동안 타 본 사람처럼 잘 타게 되었다는 것이다.

직활강으로도 내려와 보고 TV에서 보던 스키 선수처럼 'A' 자를 그리며 이쪽저쪽으로 방향을 틀면서 잘도 내려왔다. 지금도 그때만 생각하면 원철이가 그렇게 미울 수가 없지만, 그래도 내 친구 원철이 덕분에 나는 최단 시간에 최상급 코스에서 스키를 타는 아마추어 선수가 되었다.

가수가 되다

지금에 와서 고백하지만 나는 교회에도 가 보고 절에도 가 보고 성당에도 가 보았다. 부활절이나 크리스마스에는 주로 친구들과 교회에 가서 계란이나 맛있는 과자를 얻어먹었다. 108배 같은 절을 많이 하면 건강에 좋아진다고 하여 오래된 사찰 구경도 하고 운동도 할 겸, 절에서 주는 자연식의 밥도 먹어 볼 겸해서 산 중턱에 있는 절들을 찾아다녔다. 그리고 성당에 가면 밥도 안 주고 먹을 것도 거의 주지 않았는데, 미사 시간이 지루하기는 하였지만 건물이 멋있고 무언가 마음이 경건해지고 은총을 받는 느낌이 좋아서 성당에도 갔다.

10월의 어느 멋진 가을 주말이었다. 성당에서 1년에 한 번 열리는 음악회 개최 소식을 듣게 되었다. 나는 지금도 그렇지만 그때는 살면서 지은 죄도 많고 회개해야 할 것도 많아 열심히 다녔었다. 그리고 음악회 일정에 대하여 좀 더 자세하게 알고 싶어서 주보를 찾아보았다. 음악회는 언제 하고 음악회에 나가고 싶은 사람은 언제까지 누구에게 신청하라고 쓰여 있었다.

<나는 가수다>라는 TV 프로그램을 대부분 기억할 것이다. 그리고 누구나 한 번쯤은 가수의 꿈을 꿔 본 적이 있을 것이다. 나도 큰 무대 위에서 찬란히 빛나는 조명을 한 몸에 받으며 수많은 관중 앞에서 노래하는 가수가 되고 싶었다. 노래를 잘하고 못하는 것이나 무대 위에 올라가면 긴장이 되고 안 되는 것은 고려의 대상이 아니었다. 나는 무대에 한 번도 올라가 보지 않았기 때문이다. 대학 시절, 축제가 있는 날에 학과별로 장기 자랑을 하는 시간이 있었다. 나도 친구들이 보는 앞에서 무대 위에 서 보고 싶었다. 그러나 혼자서 도전할 용기가 나지 않았고, 노래도 잘하지 못했고 몸치라서 춤도 제대로 추질 못했다. 그래서 노래를 참 잘 부르던 수경이가 하이디의 <지니>라는 신나는 노래를 부른다고 하기에 과 대표였던 완호와 같이 수경이의 백댄서로 처음이자 마지막으로 무대에 섰다. 소중한 추억으로는 남아 있지만 그때는 주인공이 내가 아니었으므로 오랜 시간이 흐른 후에도 조금의 아쉬움이 마음 한편에 자리 잡고 있었다.

늦었다고 생각할 때가 가장 빠르다고 하지 않던가? 이제라도 꼭 해 보고 싶었던 꿈을 이루고자 생각하고 또 생각하고 있었다. 그런데 음악회를 총괄 계획하고 지휘하시는 분께 연락이 왔다.

"주변에서 들었는데 그렇게 성격이 활발하고 잘 논다면서요?"

그러면서 음악회 때 순서를 매끄럽게 이어 나갈 사회자를 해 보면 어떻겠냐고 말씀하셨다. 나는 음악회의 출연자로 가수의 꿈을 이루고자 다짐하고 있었는데 그것보다 더 큰 사회자를 하라니 매우 감사했지만, 어쨌든 가수라는 꿈을 또다시 접어야만 했다.

시켜만 주시면 사회자를 해 보겠다고 말씀드리고 며칠 뒤, 음악회를 성공적으로 개최하기 위한 운영진 회의에 참석하게 되었다. 음악회 총괄을 맡으신 어르신은 TV 음악 프로그램인 <열린음악회>를 직접 기획하고 총괄하신 이력이 있으셨고, 지금은 공연 기획 쪽에서 일하는 대단한 분이었다. 그렇게 회의가 시작되었고, 나는 각종 행사에서 사회자를 해 본 경험이 많은 어르신과 함께 MC를 보기로 결정되었다.

그다음으로 참가 신청자 중에서 순서를 정하는 시간이 돌아왔다. 역시나 성악이나 악기를 전공했거나 음악에 전문가이신 분들이 대부분 신청했다. 첫 번째는 밝은 무대를 연출하기 위하여 남성 트리오가 선정되었고, 그다음에는 여성 솔로, 그다음에는 현악기 등으로 순서가 정해졌다. 그렇게 무대에 오를 주인공을 정하던 중 갑자기 이런 생각이 들어 말했다.

"어르신, 드릴 말씀이 있습니다. 음악회인데 너무 전문가로만 구성하면 음악회에 구경 온 분들이 좀 따분해하지 않을까요? 그래서 말인데요, 아마추어가 한 명쯤 포함되는 것도 나쁘지 않을 것 같습니다."

그렇게 말씀을 드리니 총괄 어르신을 제외하고는 대부분 내 말에 동의해 주셨다. 총괄 어르신은 그럼 누가 했으면 좋겠냐고 물으셨고 나는 "제가 해 보겠습니다."라고 천진난만한 웃음을 지으며 자신감 있게 말씀드렸다. 내심 사회자보다는 무대 위의 주인공이 되고 싶었다.

음악회가 시작이 되었다. 나는 사회도 보면서 세 번째로 무대 위에 올라가 조성모의 〈가시나무 새〉라는 성가 같은 가요를 최선을 다해 불렀다. 지금도 그 순간을 생각하면 가슴이 두근거린다. 이기적인 생각일지도 모르지만 노래를 잘 부르고 못 부르고의 문제가 아니었다. 어떻게 5분은 족히 걸리는 시간 동안 화려한 조명이 비추는 무대 위에 홀로 서서 수많은 사람 앞에서 노래를 불렀는지 모르겠다.

음악회가 끝난 후 총괄 담당 어르신께서 오시더니 한 말씀 하셨다.

"다음부터는 노래는 부르지 말고 사회자만 봐라."

"네, 알겠습니다!"

힘차게 말씀드리고는 "노래도 부를 수 있게 배려해 주셔서 감사했습니다."라고 정성을 다해 말씀드렸다. 그렇게 난 가수가 되었다. 비록 짧은 시간, 5분이었지만 말이다.

영어 강의를 하다

대학원 박사 과정 때의 일이다. 큰딸은 초등학교 저학년이었고 작은딸은 유치원생이었던 것으로 기억한다. 20대 후반에 사회생활을 시작하면서 대학원을 다니기 시작한 것이 벌써 세 번째 대학원이 되었다. 처음에는 경영학 석사 과정을 공부하였고 그다음에는 법학 석사 과정을 공부하였다. 그 후에 박사 과정에 도전해 보고 싶은 생각이 있었는데 결국 법학 박사 과정에 입학하여 공부를 했다.

새벽에는 영어 학원을 다니고 회사에 출근해서 열심히 일을 한 다음, 저녁 시간과 주말을 이용하여 대학원 공부를 했다. 혹자는 공부하는 게 그렇게 재미있느냐 또는 왜 그렇게 열심히 사느냐고 물어볼 것이다. 나는 어린 시절에 학교나 책을 통해 공부하는 걸 잠시 접어 두고 사람 사귀는 공부와 사회 공부를 먼저 했고, 사회생활을 하면서는 아는 것이 별로 없어서 다시 공부하기 시작했다. 그리고 궁금했다. 대학원은 어떻게 수업이 진행되고 대학원에 오는 학생들은 어떤 사람들인지, 과목마다 수업도 궁금하고 교수님들이 수업 시간에 말씀하시는 내용도 궁금했다.

'공부가 제일 쉬웠어요.'가 아니라 공부도 하고 싶어서 시작했다. 다시 말하면 친구들은 공부할 때 공부하고 사회생활할 때 사회생활을 했는데, 나는 친구들이 공부할 때 사회생활을 한 것이다. 그러니 지금이라도 공부를 하는 게 세상의 이치처럼 느껴졌다. 그리고 좀 더 솔직히 말하면 사회생활에서는 아무리 헝그리 정신과 올바른 태도를 가지고 있어도 어느 정도의 지식이나 뒷배경이 있어야 한다는 사실을 알게 되었다.

부모님이나 누가 시켜서 하는 공부가 아니었으므로 학교 가는 게 재미있었고 수업 시간이 즐거웠다. 시험 기간에는 시험공부를 하는 게 재미있었고 열심히 공부를 한 만큼 학점을 받는 것도 즐거웠다. 대학원에서 만나 인연을 맺은 선후배들은 대부분 나보다는 나이가 적게는 2~3살, 많게는 10살 이상 많았다. 그리고 그분들은 모두 나의 멘토가 되어 인생의 방향을 제시해 주고 있으며 기쁜 일이 있으면 같이 기뻐해 주고 슬픈 일이 있으면 같이 아파해 주는 가족이 되었다.

학원과 회사, 학교까지 다니면서 즐겁고 신나게 하루하루를 보냈다. 마음은 무척이나 즐거웠는데 가끔 몸에 무리가 갔던지 1년에 한두 번은 병원 신세를 져야만 했다. 사실 이외에 외부 모임도 적게는 5개에서 많게는 12개까지 나갔다. 회사 모임, 영어 모임, 초등학교 동창 모임 등 참 많이도 다녔다. 그러니 몸이 10개라도 남아

나지 않는 건 당연한 결과였다.

어느 날, 집에서 딸들과 이야기를 나누었다. 그리고 나는 딸들에게 학교생활에 대하여 이야기해 주었다. 초등학교, 중학교, 고등학교 그리고 대학교 생활 등을 이야기해 주는데 큰딸이 갑자기 이렇게 말했다.

"아빠, 영어도 할 수 있어?"

그러면서 본인은 학교에서 영어도 배운다고 자랑을 했다. 그러고 난 후 나는 딸들에게 말했다.

"아빠도 영어를 오랜 시간 공부하고 있어. 아빠가 다니는 학교에 와서 한번 들어 볼래?"

아이들은 아빠의 말에 호기심을 느꼈고, 나는 영어 과목 교수님께 문자를 보냈다. 수업 시간에 우리 아이들을 데리고 가 청강을 하고 싶다고 말했고, 15분간 영어로 강의할 수 있는 시간을 주실 수 있는지 정중하게 여쭤보았다. 교수님의 답장은 이러했다. 교수 생활 10년이 넘도록 자진해서 영어 강의를 하겠다고 한 학생은 처음이며 게다가 어린아이들을 데려와 대학원 수업 시간에 청강을 시키겠다고 한 학생도 처음이라고 하셨다. 그렇게 교수님은 흔쾌히 허락을 해 주셨고 나는 다시 한번 긴장하기 시작했다.

아이들에게 당당하게 말했고 교수님께 허락도 받았는데 이제부터는 어떻게 준비를 하고, 그것도 어떻게 영어로 말하지? 5분도 아니고 15분 동안이나 말이다. 아빠가 고민하고 있는 게 느껴졌는지 큰딸이 옆에서 말했다.

"아빠가 잘하는 거 해 봐."

"그게 뭔데?"

"맨날 말하는 거 있잖아. 헝그리 정신, 인사 잘하기 그리고 사람은 배가 고파야…."

내가 했던 말을 그대로 하는 게 아닌가? 바로 컴퓨터를 켜고 발표 자료를 만들기 시작했다. 처음에는 인도 친구 루디에게서 전수받은 퀴즈 자료와 내가 살아가는 방법 등을 표현하여 나름대로 15분 발표 자료를 만들었다.

그리고 수업 시간이 다가왔고 나는 교수님과 선후배들께 인사를 한 후 큰 소리로 말하기 시작했다.

"Hello, My name is Hajin Song. It is honor to be here with you and the first time to share my life in English(안녕하세요. 송하진입니다. 여러분들에게 처음으로 영어로 제 인생에 대하여 말씀드리게 되어 영광입니다)."

그렇게 나에게 주어진 15분간의 시간이 흘렀고 교수님도 선후배들도 그리고 멀리서 지켜보던 우리 아이들도 힘차게 박수를 쳐 주었다.

아직도 영어를 잘하는 친구들을 보면 참 부럽다. 그리고 나도 그렇게 유창하게 영어로 말하고 싶다. 그런데 영어 실력보다 더 중요한 게 있다는 걸 우리 딸들 덕분에 알게 되었다. 그건 '그냥 하는 것'이다. 내 신조는 '하면 된다.'가 아니라 '나는 한다.'이다.

최우수 연설자가 되다

영어에 관한 웃지 못할 일화를 말하라고 하면 며칠 밤을 쉬지 않고 할 이야기가 많다. 그리고 살아가면서 내가 영어를 따라다니는지 영어가 나를 따라다니는지 서로 떼려야 뗄 수가 없는 관계가 되었다. 지금도 영어를 사용하는 회사에 다니고 있으니 말이다.

운이 좋아 외국계 회사에 취직하게 되었고 미국계나 유럽계 회사에서는 당연히 영어로 의사소통을 했는데, 일본계 회사나 국내 회사에서도 영어를 사용하는 일이 많았다. 예를 들면 고객 중에 외국인이 있는 경우도 있었고, 법무팀과 준법감시팀에서 근무하면서 해외 지사와 일하거나 업무상 영어 문서를 검토할 때도 영어를 썼다. 지금 생각해 보면 되지도 않은 '콩글리시'가 나와 내 가족을 먹여 살린 것이다. 그래서 고운 정 미운 정이 들었나 보다.

학원에 다니고, 영어를 많이 사용하기 위해 외국인이 많이 있는 이태원에도 가 보고, 가끔 여건이 허락하면 영어를 사용하기 위해 해외에도 다녀왔다. 회사에서 지원해 주는 전화 영어도 수년간 해 보고 영어 선생님이 근무 시간 전에 직접 회사로 오는 영어 그룹 수업에도 참석했다. 물론 회사에서는 무조건 영어를 사용해야겠다고 다짐에 다짐을 하면서 출근했다. '이렇게 노력을 했으면 하늘도 감동하여 나를 좀 도와주어야 하는 게 아닌가?'라고 하늘이나 신을 원망한 적도 많다. 공부도 열심히 하고 집중하면서 영어를 모국어처럼 생활화했는데 나의 영어 실력은 생각보다 늘지 않았고 지금도 외국인만 보면 반가움보다는 두려움이 앞서곤 한다.

하루는 구매팀에서 근무하던 차장님이 내일 저녁에 시간이 있냐고 물었고, 시간이 있으면 영어 스피치 클럽에 같이 가자고 했다. 토스트마스터스(Toastmasters Club)라는 영어 클럽인데 우리나라뿐만 아니라 전 세계적으로도 유명하고 지역마다 클럽이 있다고 했다.

영어 스피치 클럽에 가면 약 2시간 동안 영어를 사용해야 하며, 그날의 사회자와 연설자가 있으며 연설에 대한 평가자도 있다고 했다. 말을 듣고 보니 '그 영어 클럽에 가면 영어를 원 없이 사용할 수 있겠구나.'라는 생각과 함께 '거기에 오는 사람들은 모두 영어를 잘할 텐데 괜히 갔다가 망신만 당하고 오는 게 아닐까?'라는 생각도 들었다. 나도 하나고 내 마음도 하나인데 내 생각은 '간다'와 '안 간다' 두 개로 갈라졌다.

다음 날이 되었고 차장님은 아니나 다를까 내게 의향을 물어보았다. 나의 대답은 "Yes, I will go with you." 즉, 차장님과 함께 가겠다는 것이었다. 토스트마스터스라는 이름의 영어 클럽은 전

세계적으로 하나지만 지역마다 클럽의 이름은 다르게 사용되었다. 나는 차장님과 강남역 근처에서 하는 'SRTM(South River Toast Masters)'이라는 클럽에 갔다.

외국인도 많았고 한국인처럼 생긴 외국인도 있었으며 나처럼 처음 온 사람들도 있었다. 바짝 긴장을 하고 자리에 앉아 있었는데 사회자가 나를 부르더니 간단한 자기소개와 함께 여기 오게 된 동기에 대하여 사람들 앞에서 말하라고 했다. 순간 얼굴이 홍당무처럼 빨개지기 시작했고 쥐구멍에라도 들어가고 싶은 심정이었다.

'웬만한 영어 학원의 회화반은 다 다녀 봤고 회사에서도 영어를 많이 사용하였는데 자기소개 정도야 못 하겠어?'라고 자기 최면을 건 후, 자신 있게 자리에서 일어나 말하기 시작했다. 그리고 나의 최고의 장점을 또다시 발견했다. 사람이 긴장을 하면 말이 잘 안 나오고 누가 갑자기 시키면 알고 있던 것도 말 못 하는 사람이 대부분인데, 나는 이상하게 긴장이 되면 말이 더 잘 나왔다. '본론보다는 결론에 강한 성격이었구나!'라고 나를 재발견하게 되었다.

그 후로 시간만 되면 수요일에는 강남역 근처에서 하는 영어 클럽에 나가게 되었고, 금요일에는 여의도에서 하는 영어 클럽에 나가게 되었다. 단순히 청중의 한 사람으로 참석하는 경우도 있었고 용기를 내어 프로그램의 크고 작은 역할을 맡아 나를 지속해서 영어에 노출시키는 시간을 만들기도 했다.

이번에는 영어 연설에 도전장을 내밀었다. 연설에는 즉흥 연설과 준비된 연설이 있었는데, 나는 용기를 내어 'Curious makes perfect!'(호기심이 완벽을 만든다)라는 주제를 정하여 준비된 연설을 신청했다. 영어 연설 시간은 5분에서 7분 내외였다. 약 30명 남짓 되는 사람들 앞에서 준비해 온 PPT 자료를 띄워 놓고 자기소개부터 시작하여 하나씩 준비해 온 이야기보따리를 풀어 놓았다.

내 앞에 있는 사람들 중에는 미국인도 있었고 중국인도 있었으며 영어 선생님들도 있었다. 중압감과 압박감이 밀려왔지만 수백 명 앞에서 노래도 불러 보았고, 이와 비슷한 크고 작은 경험을 이미 겪어 본 나에게 더 이상의 후퇴는 없었다. 그렇게 준비해 간 이야기를 무사히 마치게 되었다.

적으면 2명에서 많으면 4명 정도가 준비된 연설을 했는데 그날은 3명이 준비한 연설을 했고 그 후에 각 연설에 대해 평가해 주는 평가자들이 내 연설에 대한 평가를 해 주었다. '이건 잘했고 저건 좀 아쉬웠고 그것만 개선하면 더 훌륭한 연설이 될 거다.'라는 식의 평가였다.

클럽의 마지막을 장식하는 순서로는 참가자들 중에서 최우수 즉흥 연설자와 평가자 그리고 최우수 준비된 연설자를 투표로 뽑아 상을 주는 시간이 있었다. 중학교 때 반장선거 때처럼 마음이 두근거렸다. 영어를 잘했거나 문법에 맞는 영어를 구사했는지는 모르겠지만 나름대로 최선을 다했다고 생각했기에 상을 받고 싶었다. 사회자가 투표용지를 하나씩 꺼내면서 "오늘의 최우수 준비된 연설자는?"이라고 하니 사람들이 모두 책상을 두드리기 시작했다. 나도 덩달아 책상을 두드렸고, 그 순간 사회자가 나의 이름을 불러 주었다.

"Today's best prepared speech is Harry Song!"

최대한 기쁜 마음을 숨기려고 표정 관리를 한 후, 앞으로 나가 사회자와 악수를 하고 상으로 멋진 리본을 선물로 받았다. 리본에는 'Best Prepared Speech'라고 적혀 있었다.

지금도 나는 시간만 되면 영어 스피치 클럽에 나간다. 그리고 사회자도 해 보고 평가자도 해 보고 준비가 되면 연설에 도전하기도 한다. 생각해 보면 어디서나 '최선을 다하자.'라는 헝그리 정신과 마음가짐 그리고 '언제나 부족하게 살아야 한다.'라는 말이 삶의 원동력이 되어 오늘의 나를 이끈 것 같다.

배신자도 받아 준 병철이

대학교 1학년 때 만난 내 친구 병철이 이야기를 해 볼까 한다. 친구들 중에 병철이는 학구열이 여전히 남아 있는 친구였다. 그리고 좀 특이하고 독특한 친구였다. 수업이 끝나도 공부를 했고 잠이 들기 전까지도 공부를 했던 친구였다. 가끔 그 친구를 보고 있으면 고등학교 3학년, 대학에 들어가기 위해서 최선을 다하던 그때로 돌아간 듯했다. 그런데 병철이는 공부도 열심히 했지만 놀기도 잘 놀았고 무엇보다 정이 많은 참 따뜻한 친구였다.

특이하다고 말했던 이유는 병철이는 시력이 안 좋아 렌즈를 꼈는데, 수년 동안 한 번도 렌즈를 바꾸거나 꺼내 본 적이 없다고 했기 때문이다. 게다가 1리터짜리 식염수를 가지고 다니며 수시로 눈에 넣곤 했다.

한 학번 선배인 동진이 형하고 주말에 병철이가 살고 있는 인천 만수동으로 놀러 간 적이 있었다. 병철이는 주소를 불러 주더니 본인이 있는 곳으로 찾아오라고 했다. 지하철과 버스를 타고 가르쳐 준

주소로 가 보니 PC방이었다. 병철이가 PC방에서 시간을 보내고 있는 것이 아니라 PC방을 운영하는 사장이 병철이였다. 그때 나이가 20대 초반이었고, PC방이 우리나라에 처음으로 들어오던 시기였다.

역시나 병철이는 독특하고 특이했다. PC방 간판을 보는 순간 '어? 이거 간판을 거꾸로 달았네. 병철이는 이 사실을 알고나 있을까? 어서 가서 말을 해 주어야겠다.'라고 생각했다.

"병철아, 이거 간판 누가 달았냐? 거꾸로 단 거 알고 있었어?"

다급하게 말하니 병철이는 피식 웃으며 "내가 일부러 그렇게 달아 달라고 했어."라고 하는 게 아닌가? 순간 동진이 형하고 눈을 마주치며 '병철이 쟤 좀 이상한 거 아니야?'라는 무언의 말을 주고받으며 웃었다. 병철이는 단순명료하게 그 이유를 설명했다. "발상의 전환"이라고….

PC방이 초장기이기도 했고 그때만 해도 동네에 PC방을 찾기가 쉽지 않았던 시절이라 그런지 빈자리가 하나도 없었으며, 심지어 순번을 기다리는 아이들로 북새통을 이루고 있었다. 병철이를 포함해 아르바이트하는 학생들이 적어도 5명은 있어 보였고 모두 손발이 안 보일 정도로 일사불란하게 움직이고 있었다.

병철이는 계산대에 있는 아르바이트 학생에게 이것저것 말하더니 "동진이 형, 하진아, 우리 놀러 가자."라고 하는 게 아닌가? 눈앞에 보이는 사업장이 눈코 뜰 새 없이 바쁜데 사업주가 친구들 왔다고 놀러 가자니 그게 말이 되는 소리인가? 우리는 또 한 번 병철이의 말에 놀라서 "PC방이 이렇게 바쁜데 어떻게 놀러 가냐?"라고 말하고는 우리도 같이 도울 테니 그냥 여기서 일하면서 놀자고 했다. 그랬더니 병철이가 이렇게 말했다.

"내가 여기 있으면 만 원을 더 벌 수도 있고 오만 원을 더 벌 수도 있어. 그런데 그 돈은 내일 벌 수도 있고 내일모레 벌 수도 있어. 나는 지금 돈보다 우리가 같이 시간을 보내는 게 더 중요해. 걱정하지 말고 놀러 가자!"

그렇게 우리를 안심시키며 끝내 재미있는 놀 거리가 있는 장소로 우리를 안내해 주었고, 우리는 밤새도록 재미있는 시간을 보냈다.

또 한 번은 인천에서 학과 모임이 있었다. 1차는 음식점에서 모였고 2차는 술집으로 이동하여 재미있는 시간을 보냈다. 그렇게 시간은 흘러 자정을 넘기고 있었다. 그때 병철이가 말했다.

"우리 어머니네 가게로 가자."

10명은 족히 넘는 인원이었고 '이 시간까지 어머니가 가게 문을 열어 놓으셨나?'라는 생각이 들었다. 병철이는 괜찮다며 무조건 가자고 했다.

그렇게 우리는 병철이 어머니네 가게로 갔다. 갈빗집이었고, 밤 12시가 훨씬 넘은 시간이었으므로 당연히 가게 문은 닫혀 있었다. 병철이는 열쇠로 가게 문을 열더니 들어오라고 했다. 우리는 순간 미안하기도 하고 걱정도 되어 어머니도 안 계시는데 들어가도 되냐며 병철이에게 재차 물었다.

병철이는 들어와 앉으라는 말과 함께 불판에 불을 올렸고, 어머니가 다음 날 장사를 하기 위해 정성껏 만들어 놓으신 갈비를 왕창 꺼내 왔다. 그러더니 그것을 불판 위에 올려놓고 김치와 물을 꺼내 오며 하나씩 세팅을 했다. 그러면 그럴수록 우리는 더욱더 불안해졌다.

익어 가는 고기를 먹음직스럽게 잘라 주더니 "이거 먹어 봐! 우리 어머니 가게가 이 동네에서 고기 맛 하나는 맛있기로 소문난 집이야."라며 계속해서 고기를 구워 주었다. 우리는 어머니께 죄송하기도 했고 내일 장사를 위하여 준비해 놓은 음식을 먹으려니 쉽게 수저를 들 수가 없었다. 병철이는 괜찮다며 계속해서 고기를 구워 주었고, 우리는 고맙고 죄송하지만 맛있게 고기를 먹었다.

병철이는 참 마음의 그릇이 큰 친구였다. 지금도 가끔 만나면 병철이는 뭐라도 하나 주려고 애를 쓴다. 그리고 아빠처럼, 친구처럼, 선생님처럼 때로는 애인처럼 나를 배려해 주고 나보다 나를 더 사랑해 주는 친구이다.

병철아, 우리 대학 1학년 때 처음 만나서 군대도 같이 가고 직장도 같은 데 들어가고 어디를 가든 끝까지 같이 하자고 약속했었는데, 내가 너를 배신하고 동진이 형을 따라 군대를 가 버려서 미안했어. 그 후로 너를 오랫동안 못 봤는데 다시 만나 지금까지 나에게 둘도 없는 친한 친구가 되어 주어 참 고맙다. 그리고 다시 한번 나 같은 배신자도 다시 친구로 받아 줘서 고맙다.

가장 힘든 상황에 나를 봐라

누구나 한 번쯤은 살아가면서 힘든 상황에 직면하게 된다. 공부를 열심히 하는 학생들은 시험이 다가올 때나 시험 성적의 결과로 인해 힘든 상황이 올 수도 있고, 학교를 졸업하고 사회생활을 하고 가정을 꾸리게 되면 경제적인 어려움이나 아이들 문제로 힘든 상황이 올 수도 있다. 또한, 직장인들은 회사에서 주어진 업무를 하면서 하루에도 몇 번씩 힘든 상황이 다가온다.

쥐는 고양이를 제일 무서워하지만 쥐가 더 이상 고양이를 피해 도망가지 못하는 막다른 곳에 다다랐을 때는 쥐도 생존을 위해 고양이에게 덤비거나 살아남을 최후의 방법을 강구할 것이다. 살아남기 위해서라면 무슨 일이든 할 것이다. 그게 쥐의 본능이고 가장 절박한 상황에서의 행동이다.

사람도 마찬가지라고 생각한다. '가정이 화목하면 어떤 일을 하든지 술술 잘 풀린다.'라는 뜻의 '가화만사성(家和萬事成)'이라는 유명한 말처럼 내 마음이 편하고 내 가족과 주변에 나와 관련된 모든 사람이나 일이 편하면 어떤 상황이 다가오더라도 편안하고 즐겁게 맞이할 것이다. 그리고 행복하게 그 일들을 해결해 나갈 것이다.

그러나 내가 여태껏 경험하면서 살아온 세상은 그렇게 편안하지만은 않았다. 하루에도 몇 번씩 웃게 만들었다가 울게도 만들고, 성취를 통해 자신감을 주면서도 시련을 통해 좌절감을 주었다.

나에게 일어나는 크고 작은 일들을 곰곰이 생각해 보면 한 가지 공통점을 발견하게 된다. 그것은 바로 모든 게 내 마음과 관련이 있다는 것이다. 내가 어떤 생각을 가지고 있고 어떤 마음가짐으로 나에게 일어나는 일을 받아들이는가에 따라 그 결과는 해피 엔딩이 될 수도 있고 슬프거나 좋지 않은 결과를 만들어 낼 수도 있기 때문이다.

내 마음이 가장 편안할 때와 가장 힘들 때를 생각해 보고 그때마다 거울에 나의 모습을 비춰 보면 그 차이를 어느 정도 짐작할 수 있을 것이다.

가끔 나의 멘토들과 만나 맛있는 음식을 먹고 차를 마시면서 살아가는 이야기를 나눈다. 그중 한 가지의 주제는 사람과의 관계 형성이다. 사람을 만날 때는 어떻게 해야 하고 어떠한 마음가짐으로 다가가야 하는지 이야기한다. 그리고 한 사람을 만나도 진심과 정성을 다해 만나고 오랜 시간이 아닌 단 5분을 만나더라도 최선을 다해야 한다고 조언해 주었다.

그리고 마지막으로 사람을 만나고 좀 친해졌다 싶으면 그 사람이 가장 편안하고 즐거울 때가 아닌 가장 힘든 상황에 직면했을 때 그 사람의 말과 행동 그리고 그의 주변을 한번 보라고 했다. 그러면 그 사람의 진면목을 정확히 알 수 있을 것이고 그 사람이 내가 평소에 생각하고 있는 사람이 맞는지 나와 함께 갈 사람이 맞는지 정확히 알 수 있을 것이라고 했다.

사람은 누구나 똑같다고 생각한다. 물론 나도 마찬가지다. 내 마음이 편할 때는 어떤 상황이 주어지더라도 편할 것이고, 내 마음이 불편할 때는 어떤 상황이 오더라도 불편할 것이다. 그럼에도 불구하고 힘든 상황을 마주하였을 때 그 사람을 보라는 것은 그 상황을 어떻게 대처하고 지혜롭게 헤쳐 나가는지를 보면 그 사람을 좀 더 명확히 알 수 있다는 뜻이다.

가고 싶은 회사에 지원하고 서류 전형에 합격하면 회사 실무진과 면접을 보게 된다. 보통 면접을 볼 때는 자기소개를 시작으로 직무와 관련된 내용을 중점적으로 묻고 답하게 되는데, 가끔 면접자를 대상으로 스트레스 테스트(stress test)를 진행하기도 한다. 면접관이 직무에 관한 질문을 하면서 면접자에게 대답하기 곤란한 상황을 예시로 들어 면접자에게 스트레스를 주고 그것을 어떻게 지혜롭게 대처하고 해결하는지를 시험하는 것이다. 일명 '다면 평가'라고도 하는데, 짧은 시간 안에 그 사람을 다방면으로 평가하는 것이다.

이와 관련하여 사랑하는 아내에게 무릎 꿇고 사죄할 이야기를 하고자 한다. 영어 학원 새벽반에서 지금의 아내를 만났다. 처음에는 나 혼자 호감을 가지고 구애 작전을 펼쳤는데, 이 작전을 성공적으로 완수한 후 연애할 때 생긴 일이다. 내 인생의 최고의 여자 친구를 만났으니 항상 잘 보이고 싶었고, 원하는 것은 무엇이든 다 해 주고 싶었다. 그리고 여자 친구와 함께하는 모든 순간은 최선을 다해서 아름답게 꾸미고 싶었다.

그래서 여자 친구에게 한 치의 실수도 하고 싶지 않았던 나는 주변에 이미 결혼한 친구나 선배님들에게 여자 친구 이야기를 하면서 "귀엽고 아담하고 말도 참 이쁘게 한다." 등 온갖 좋은 말은 다 했다. 그러고는 그 여자 친구와 결혼을 하고 싶다면서 조언을 부탁했다.

조언해 준 내용은 한마디로 요약해 보면 내가 살아온 대로 여자 친구한테도 똑같이 대해 보라는 것이었다. 결국은 좋은 면만을 보여 주지 말고 힘든 상황도 보여 주면서 여자 친구가 어떻게 생각하는지 공감대를 형성해 보라는 것이었다.

그러면서 추가로 몇 가지 지침을 알려 주었다. 첫째, 여자 친구와 함께 지리산 등반하기. 둘째, 데이트 코스는 시장 뒷골목 식당이나 기사 식당에서 하기. 셋째, 선물은 사 주지 말기. 넷째, 지금 나의 상황이 많이 힘들고 어렵다고 말하기 등이었다.

나는 이렇게 살아왔지만 내가 좋아하고 사랑하는 여자 친구에게 이렇게까지 하고 싶지는 않았다. 그들은 내가 듣고 싶어 하는 이야기와는 정반대의 이야기만 하는 것이 아닌가? 내가 학교 선생님도 아니고 회사 면접관도 아닌데 이러한 상황을 만들면서까지 여자친구의 반응을 살펴보라고 하니 참 난감한 일이었다.

잠시 생각을 하면서 나는 그 의미를 알게 되었다. 여자 친구도 사람이기 때문에 좋을 때는 어떠한 상황이 다가와도 좋을 것이다. 그렇지 않은 상황이 다가왔을 때는 서로 어떻게 생각하고 느끼는지, 공감대를 이룰 수 있는지 미리 경험해 보는 게 나중에 큰 힘이 될 것이라는 것이었다.

그렇게 연애가 시작되었고 나는 일부러 힘들고 어려운 상황만 만들어 가면서 데이트를 했다. 지금도 그 시절을 생각하면 아내에게 미안한 마음이 든다. 그리고 연애 시절, 선물 하나도 사 주지 않았고 좋은 곳에서 식사 한 번을 하지도 않았는데 나를 선택해 주고 결혼해 줘서 고맙고 또 고맙다.

그 후로 오랜 시간이 지났지만 여러 멘토의 조언에 따라 나는 지금도 스스로 가장 어렵고 힘든 상황을 만들어 가면서 하루하루를 살아가고 있다. 그리고 가장 어렵고 힘들 때 내 옆에 있어 주는 가족과 친구들 덕분에 사는 게 참 행복하다.

편안한 삶도 경험이고 힘든 삶도 경험이다. 가끔은 힘든 상황을 일부러라도 만들면서 그 상황을 느끼고 즐겨 보면 좋을 것 같다. 그리고 나도 모르게 그러한 상황이 다가왔을 때 내가 어떻게 그 상황을 극복하고 해결하는지 보면서 살아가길 추천한다.

부모님이 누구신가?

김창옥 교수는 내가 참 좋아하는 명강사 중의 한 명이다. 가끔 TV나 유튜브로 김 교수님의 강연을 듣고 있으면 공감이 가는 부분이 참 많다. 어떻게 그렇게 내가 살아온 이야기만 하는지. 저분이 살아온 인생과 내가 살아온 인생이 비슷하고 세상을 바라보는 시각도 비슷한 것 같아 강연을 듣는 내내 혼연일체가 되곤 한다.

얼마 전, 대전에서 김 교수님의 강연을 본 적이 있다. 제목은 기억이 안 나지만 패널로 내가 좋아라 하는 가수 이승철 형님도 보였다. 강연 내용 중 매우 감동적인 이야기가 있었다. 성인이 되고 좋아하는 사람을 만나서 결혼을 하고자 한다면 그 사람의 외모나 가진 게 얼마나 많은가를 보기보다는 그 집안의 부모님을 만나 보고 부모님과 미래의 배우자가 나누는 대화를 들어 보라는 내용이었다. 결론을 말하면 부모와 자식 간에 주고받는 말을 유심히 들어 보라고 했다.

'가는 말이 고우면 오는 말이 곱다.'라는 속담처럼 권위적인 말을 사용하는지 부드러운 말을 사용하는지 상대방을 배려하면서 말을 하는지를 보라고 했다. 그러면 미래의 배우자도 그렇게 말을 할 거라고 했다. 나는 이 말에 전적으로 동의한다. 다행히도 우리 부모님은 자식들에게 친절하게 대해 주셨고 때로는 친구처럼, 때로는 인생의 선배처럼 서로를 배려해 가며 대해 주셨다.

풍족한 어린 시절을 보내지는 못했지만 이러한 환경에서 자란 나는 누구를 만나도 친절하게 다가가고, 어느 상황에서든 상대방을 배려하면서 앞서 말한 '신의 언어'를 적절히 써 가며 살고 있다. 게다가 누구를 만나도 먼저 다가가 인사하는 것 하나는 끝내주게 잘한다.

가끔 모임에 나가면 유독 인사성이 바르고 예의가 바르며 말을 참 예쁘게 하는 사람을 종종 만나게 된다. 그런 사람들을 보면 나는 바로 다가가 인사하며 친구가 되고자 노력한다. '웃는 얼굴에 침 못 뱉는다.'라고 하지 않았던가. 나뿐이겠는가? 그런 사람들은 어디를 가도 인기가 있다. 좀 더 친해져서 살아온 이야기를 주고받으면 그들은 주어진 환경에 감사하며 참 멋지게 살아가고 있다.

주현이와 남영이라는 친구가 있다. 영어를 공부하는 모임에서 만나 친구가 되었는데, 나와는 동갑내기인 친구들이다. 주현이는 영리하고 똑 부러지는 성격이지만 말을 참 예쁘게 하고 정도 참 많은 친구다. 남영이는 내가 본 친구 중에 가장 에너지가 넘치는 친구로, 1년에 책을 100권도 넘게 읽어서 학식과 지식이 풍부하다. 음식도 참 맛깔나게 잘하며 가정도 참 예쁘게 꾸미면서 사는 친구이다.

이 친구들의 공통점은 말을 참 예쁘게 한다는 것이다. 그리고 내가 인생의 지침서로 삼고 있는 헝그리 정신과 마음가짐 등 여태껏 이야기한 것을 모두 가지고 실천하며 살아가는 친구들이다.

한 번은 나도 모르게 주현이에게 이렇게 말을 했다.

"주현아! 너를 보고 있으면 너희 부모님을 한번 뵙고 싶다. 언제 한번 식사라도 대접할 수 있는 기회를 줄 수 있겠니?

그랬더니 주현이는 당황하기도 하면서 한편으로는 회심의 미소(Self-satisfied smile)를 띠며 그 이유를 물었고 나는 바로 대답했다.

"어떻게 너를 키우셨길래 이렇게 말을 예쁘게 하는지 궁금해서 직접 부모님을 뵙고 살아온 이야기를 나누고 싶어."

그런 일이 있고 난 후 주현이는 남영이와 나를 집으로 초대해 주었고 우리는 뵙고 싶었던 주현이의 어머님을 만나 뵐 수 있었다. 우리는 어머님께서 손수 만들어 주신 차진 오곡밥과 맛있는 음식을 먹으면서 당신이 주현이를 어떻게 키웠는지 등 그동안 살아오신 이야기를 들을 수 있었다. 순간순간이 감동이었고 왜 주현이가 이렇게 멋지게 살고 있는지 확실히 알 수 있었다.

언젠가부터 이렇게 말을 예쁘게 하는 친구들을 만나면 나는 바로 그 친구의 '팬'이 되었고, 그 친구의 부모님을 만나 보고 싶은 생각이 강하게 들었다. 그리고 인생사를 통해 다시 한번 나를 되돌아보는 계기가 되었다. 그리고 나는 그런 친구들을 만나 오늘도 거칠 것 없이 질문을 한다.

"부모님이 누구신가?"

그리고 운이 좋게 친구의 부모님을 만나게 되면 꼭 드리는 말씀이 있다.

"어떻게 아드님을 바르고 멋지게 잘 키우셨어요?"

부모님들이 나의 예쁜 이 한마디를 통해 잠시라도 뿌듯하시고 행복하셨으면 하는 바람에서 말이다.

3장

자신감과 도전의 힘

시켜만 주세요

수능이 끝난 다음 날, 나는 산본 중심 상가에 있는 피자집으로 달려갔다. 피자를 먹으러 간 것은 아니고 피자집 앞에 붙어 있는 배달 아르바이트가 하고 싶어서였다. 배달 아르바이트를 하려고 했던 것은 돈을 벌고 싶어서는 아니었다. 오토바이가 너무나 타고 싶었다. 이미 오토바이를 타고 다니는 친구들도 있었지만, 나는 타고 싶은 마음을 꾹꾹 누르고 수능이 끝나기만을 기다렸다.

자신감이 넘치는 당당한 표정으로 문을 열고 들어가 점장님으로 보이는 분께 다가가 예의 바르게 말을 건넸다.

"혹시 배달 아르바이트생을 찾고 계신가요? 그렇다면 제가 한번 해 보고 싶어서요."

그렇게 말씀드리니 아르바이트를 해 본 적은 있는지, 오토바이를 타 본 적은 있는지, 집은 어디고 부모님께 허락은 맡고 왔는지 등등 질문을 하시기 시작했다. 순간 당황하긴 했지만 또박또박 하나씩 질문에 대한 답을 했다. 그리고 나름대로 준비한 마지막 말을 했다.

"시켜만 주시면 이 동네 모든 사람에게 행복한 피자를 배달하는 '행복한 피자 배달 전도사'가 되겠습니다!"

점장님은 갑자기 웃으시더니 집에 가서 부모님께 허락을 구하고 다시 오라고 하셨다. 사나이가 칼을 뽑았으면 무라도 베야 하지 않겠는가? 부모님께는 그냥 동네에서 아르바이트를 한다고 말씀드리고 다음 날부터 나는 세상을 다 가진 듯한 표정으로 '행복한 피자 배달 전도사'가 되어 피자를 주문하는 모든 고객에게 최선을 다해 웃으면서 맡은 일을 하나하나 충실히 해 나갔다. 내가 그렇게도 타고 싶었던 나의 사랑, 오토바이를 타고서 말이다.

그렇게 피자도 많이 먹고 타고 싶었던 오토바이도 원 없이 타고 있을 때였다. 친구 준일이가 물류 창고에서 아르바이트생을 뽑는데 시간당 돈도 많이 주고 점심도 준다고 하면서 같이 한번 해 보자고 했다. 그래서 동네에서 삼총사로 지내고 있는 기복이까지 셋이서 함께 아르바이트에 지원했다.

양재동에 위치한 물류 창고였는데, 밸런타인데이가 다가오고 있어서 그런지는 몰라도 창고는 초콜릿은 물론 각종 인형, 문구류, 옷가지 등 신기하고 재미있는 먹거리와 물건들로 가득 차 있었다. 지금도 번화가에 가면 볼 수 있는 '아트박스'라는 회사의 창고였다. 물류 창고라고 해서 단순히 물건들을 정리하고 청소하는 일이라고 생각해 그다지 흥미를 못 느끼고 있었는데, 아르바이트 면접관인

주임님께서 일을 열심히 하면 물건 정리만이 아니라 가끔 매장에 필요한 물건도 배달해 주고 매장이 바쁠 때는 직접 나가서 매장 일도 할 수 있다고 했다. 그 말을 듣는 순간, '이 일은 나를 위한 일이구나! 내가 안 하면 이 일은 누구도 못 할 거야!'라는 자신감으로 충만해져 손을 번쩍 들고 주임님께 말했다.

"저희 세 명이 이곳에서 일을 할 수 있게만 해 주신다면 물류 창고에서는 물건 정리의 전도사가 될 거고, 매장에 물건을 배달할 경우에는 매장에서 일하는 직원분들과 손님들에게 배달의 전도사가 될 것이며, 매장에서 일할 기회를 주신다면 대한민국에서 최고의 손님맞이 전도사가 되겠습니다!"

나는 친구들의 의사는 물어보지도 않고 그렇게 자신감 넘치게 말했다.

그다음 날부터 우리 삼총사는 물류 창고를 내 집처럼 가꾸고 청소해 빛나게 만들었으며, 나는 직원 형과 함께 1톤 탑차를 타고 매장 이곳저곳에 배달을 나가고 싶어서 더 열심히 일했다. 배달을 주로 하던 대리님과 함께 매장에 나가면 중간중간 맛있는 간식도 사 주셨고, 점심시간이 겹치면 직장인들이 먹는 순대국밥이나 불고기 백반 같은 따끈따끈하고 맛있는 점심도 사 주셨다.

사실 가장 재미있는 시간은 물건을 가득 실은 1톤 탑차를 타고 매장에 도착하기까지 대리님으로부터 직장 생활 이야기, 매장 직원들과의 일화, 손님들을 웃게 만드는 노하우 등을 들을 때였다.

열심히 전수받느라 시간 가는 줄도 몰랐다. 그렇게 나는 사회로 나갈 준비를 하고 있었다.

그 후로도 나는 신문 배달, 우유 배달, 호프집 서빙, 노래방 아르바이트, 스포츠 마사지 아르바이트, 태권도 사범 등 수많은 아르바이트를 했고 무엇을 하든 재미있었으며 누구를 만나든 그들을 웃게 만들고 함께 행복한 시간을 보냈다. 어디를 가도 만나는 나의 멘토들과 사랑하는 나의 친구와 함께 말이다.

그리고 지금도 나는 자신 있게 말한다.

"제가 해 볼게요. 시켜만 주세요!"

나는 지금도 그냥 한다

영어 학원 새벽반에서 여자 친구를 만나게 되었는데 감사하게도 그 친구와 결혼도 하게 되었다. 영등포에 있는 어학원에서 1년 정도 새벽에 영어 회화반을 다녔는데, 나는 레벨 1부터 한 번도 빠지지 않고 수업에 참석하여 회화 실력보다는 성실함을 인정받아 레벨 6까지 가게 되었다. 그리고 하루는 루시(Lucy)라는 귀여운 친구와 짝이 되어 한 가지 주제를 가지고 서로의 생각을 영어로 말하는 시간을 가졌다.

루시는 언뜻 보기에도 커리어 우먼(career woman)에 언제 봐도 흐트러짐이 없었으며, 항상 밝은 얼굴로 수업에 참여했다. 게다가 영어 실력도 대단했다. 나는 산본에 살고 있어서 새벽 6시 반에 시작하는 수업에 참석하려면 적어도 5시 반 전에 산본역에서 출발하는 지하철을 타야 제시간에 수업을 들을 수 있었다. 나도 직장인이었고 루시도 직장인이었다.

직장인이 평일 이른 새벽에 학원을 다니는 것도 대단한데 루시는 언제 보아도 그렇게 밝을 수가 없었다. 나는 루시를 보기 위해서라도 한 번도 빠지지 않고 수업에 참여했고 루시도 마찬가지였다. 그렇게 시간이 흐르면서 나는 루시가 궁금해졌고 수업 시간이 아닌 다른 장소에서 만나 내가 가장 잘하는 한국말로 대화를 하고 싶었다.

평소에는 지하철을 타고 출근했지만 루시와의 우연을 가장한 철저히 준비된 만남을 위하여 학원 앞에 노란색 마티즈를 대기해 놓고 루시에게 자연스럽게 대화를 시도했다. 나는 아무 일도 없었다는 듯이 "직장이 어디에요? 가는 길이면 태워다 줄게요."라고 말했고 루시는 여의도에서 근무한다고 했다. 나는 회사가 충정로였으니 분명 지나가는 길이었다. 설사 지나가는 길이 아니어도 아무런 상관이 없었다.

그렇게 우리는 자연스럽게 우리만의 추억을 쌓아 가고 있었고 그러기를 여러 번, 나는 용기를 내어 루시에게 전화했다. 명함에 있는 휴대 전화번호로 전화를 했더니 루시의 목소리가 나지막이 들려왔다. 내가 명랑한 목소리로 "안녕하세요? 저 해리(Harry)입니다. 영어 학원 같은 반 해리요."라고 말하니 다짜고짜 왜 전화를 했냐며 지금 바쁘다고 끊어 버리는 게 아닌가? 내가 예상했던 것과는 전혀 다른 결과가 나타나고 말았다. 그리고 며칠 후 나는 다시 예상 시나리오를 철저하게 준비한 후 다시 전화를 걸었다. 그리고 이번에도 첫 번째 통화와 마찬가지의 결과를 얻었다.

"왜 자꾸 전화하시는지는 모르겠지만, 앞으로 전화하지 말아 주세요."

하늘이 무너져 내리는 것 같았다. 그러나 내가 누군가? 여기에서 그만둘 내가 아니었다. 그래서 나는 마음을 다잡고 이번에는 휴대전화가 아닌 사무실로 직접 전화를 했다. 다시 루시의 목소리가 들려왔고 나는 전화를 끊으면 계속할 거라고 소심하지만 조금은 강한 어조로 말한 후, 할 말이 있다고 딱 한 번만 만나 달라고 떨리는 목소리로 말했다. 그렇게 잠시 시간이 흐른 후, 전화기를 계속 들고 있는 내게 루시는 마침내 한 번만 만나 주겠다고 했다.

그렇게 첫 만남을 가지게 되었다. 업무 시간이 끝난 후 저녁 7시 반에 여의도에 있는 패밀리 레스토랑에서 만났는데, 나는 이 시간이 루시와의 마지막이 될지도 모른다는 생각에 내가 어떤 사람이고 어떻게 살아왔으며 앞으로 어떻게 살고 싶은지에 대하여 30장 분량의 발표 자료를 준비했다.

마침내 루시가 내 앞에 나타났고, 나는 숨도 쉬지 않고 내가 준비한 나를 위한 발표를 시작했다. 정확히 기억은 할 수 없지만 적어도 2시간은 훌쩍 넘었던 것 같다. 그렇게 나는 첫 만남에 그녀에게 사귀자고 했고, 철저하게 준비한 나의 발표에 감동했는지 루시도 그 자리에서 흔쾌히 나의 프러포즈를 받아 주었다. 그리고 여의도 한강 공원에서 두 번째 만남을 가지면서 나는 루시에게 결혼하자고 했다. 그리고 얼마 후 결혼에 성공하게 되었다.

결혼 후 십수 년이 지난 지금까지 나는 루시와 행복한 가정을 꾸리며 살고 있다. 생각해 보면 나는 항상 이렇게 살아온 것 같다. 흔히 '너무나 많이 준비하면 그 시기를 놓칠 수 있고, 매사에 너무 성급하면 실수하게 되어 있다.'라고 말한다. 물론 주어진 상황과 환경에 따라 언제든지 다른 선택을 할 수 있다.

그런데 나는 내 직감과 판단을 존중하면서 자신감을 가지고 뭐든 그냥 하면서 살기로 했다. 그리고 나는 지금도 그냥 한다. 그것이 내가 좋아하고 사랑할 만하다면 말이다.

성 과장님이 왔다

미국계 금융 회사에 다니기 시작하고 본격적으로 영어 공부를 했던 것 같다. 영어 학원도 좀 다녀 보고 필리핀 현지 선생님과 함께 매일 10분씩 전화 영어도 해 본 후였다. 나는 최대한 일상에서도 영어를 사용하며 생활화했고, 가능한 한 내 주변 상황이 모두 영어에 노출되도록 하나씩 환경을 바꿔 나가기 시작했다.

그 첫 번째가 회사에서 주고받는 이메일이었다. 업무상 메일을 쓰게 될 경우 받는 사람이나 참조로 들어가는 사람 중에 외국인 직원이 한 명이라도 있으면 주로 영어로 메일을 쓰고, 외국인이 아닌 한국 직원을 대상으로 쓸 경우에는 한국어로 쓰는 게 일상이었다.

그런데 나는 이후에 사용하는 모든 이메일을 영어로 쓰기 시작했다. 외국인 직원이나 상사는 물론 아르바이트생에게 메일을 보낼 때도 영어로 이메일을 작성했다. 부서장이셨던 성 과장님은 나의 확고한 의지를 알고 계셨는지 가끔 회의 시간에나 지나가는 말로 열심히 해 보라며 격려해 주셨고 혹시 메일을 쓰다가 모르거나 도움이 필요한 게 있으면 언제든 와서 물어보라고 하셨다.

성 과장님은 보험 회사 출신으로, 판단력과 추진력 그리고 전략적인 사고력이 뛰어난 분이었다. 게다가 영어 실력도 대단했다. 처음에는 전략기획팀 또는 업무개선팀으로 해석할 수 있는 퀄리티팀(Quality Team)에서 근무하시다가 내가 근무하고 있는 채권관리팀(Collection Team)의 매니저로 인사 발령을 받아 오셨다.

전략기획팀에서는 숫자를 보고 해석하여 업무의 질을 개선하고 향상하는 일을 한다면 채권관리팀에서는 사후 관리, 즉 고객이 금융사의 상품을 할부나 리스로 이용하여 계약한 기한 내에 할부금이나 리스료를 잘 상환할 수 있도록 관리하는 일을 했다. 게다가 고객과 상담도 하고 계약한 채권에 문제가 발생하면 채권의 회복을 위하여 법적 조치도 해야 하는 부서였다.

성 과장님은 숫자 해석이나 업무 과정을 보고 진단하는 것과 그것을 다시 해석하여 업무의 질을 개선하는 역할에는 타의 추종을 불허할 정도로 대단한 능력을 가지고 있었다. 그러나 법적인 지식이나 사후 관리 전반에 대한 경험은 없었으므로 부서원들은 대부분 저런 분이 어떻게 우리 부서로 발령이 났는지 의아해했다.

그러나 그것도 잠시, 성 과장님은 회사의 기대를 저버리지 않았고 부서원들의 불안을 기대로 바꾸는 것에도 오랜 시간이 걸리지 않았다. 성 과장님을 탐탁지 않게 생각하고 있었던 대리님이나 몇몇 선배님도 모두들 성 과장님의 팬이 되었고 모두 든든한 후원자이자 동반자가 되었다.

그렇게 모두들 한 팀이 되어 즐겁게 생활하고 있었는데 하루는 대화 중에 영어 소통에 관한 이야기가 나왔다. 그러면서 성 과장님은 우리에게 다소 냉정하게 말했다. 본인이 채권관리팀으로 발령받고 일해 보니 일은 회사에서 가장 열심히 하는데 영어로 의사소통하는 것이 좀 부족하여 다른 팀보다 업무에 대한 보상을 적절하게 못 받고 있는 것 같다는 것이다. 순간 조용해졌지만 성 과장님이 정확했다.

인사팀이나 재무팀 그리고 기타 팀들은 업무를 할 때 영어를 사용하는 일이 많아서 그런지는 모르겠으나 대부분 영어를 잘했다. 그런데 우리 팀은 업무의 특성상 영어를 사용할 일이 그다지 많지 않았다. 업무는 최고였으나 영어 소통만큼은 모두가 느끼고 있는 스트레스이자 아킬레스건이었다. 그리고 성 과장님은 우리에게 이렇게 제안했다.

"희망자에 한해서 다음 주부터 점심시간에 영어 수업을 합시다."

나는 뛸 듯이 기뻤지만 이에 반대하는 직원들도 있었다. 그렇게 해서 약 15명 정도가 점심시간을 이용하여 성 과장님이 아닌 '성 선생님'이 가르쳐 주시는 영어 수업을 듣게 되었다. 나는 출석부를 만들고 김밥을 준비하는 등 총무 역할을 했다. 영어 수업은 성 과장님이 해외 출장을 가거나 긴급한 상황이 아니면 계속했고 꽤 오랜 기간 수업을 했다.

영어 수업 덕분에 나의 열정과 사기는 갈수록 높아졌고, 모든 메일을 영어로 보냈다. 성 과장님은 문법, 어휘 등 맞지 않는 부분에 대해서는 내가 보낸 이메일에 대한 답신으로 적절히 고쳐 주시는 자상함을 베풀어 주셨다.

나는 매우 운이 좋았다. 회사에서 일도 시켜 주고 컴퓨터와 전화기 그리고 책상도 주고 영어 공부도 마음껏 할 수 있게 해 주었으며 매월 월급까지 주었으니 말이다. 그렇게 나는 회사가 아닌 내 집에서 일하는 것처럼 일도 열심히 하고 영어도 열심히 했다.

지금 생각해도 성 과장님에게 참 감사하다. 그리고 나는 성 과장님께서 베풀어 주신 은혜에 조금이라도 보답하고자 유럽계 회사로 이직하여 영어가 조금 부족한 후배에게 점심시간을 이용해 영어를 가르쳐 주었고, 한국 회사에서 근무를 하게 되었을 때도 희망자를 모집해 업무 시작 전 아침 시간을 이용해 영어 수업을 진행했다.

송길동이 나갑니다

학교 다닐 때 나는 사회체육학과 수업을 많이 들었다. 그리고 시간만 있으면 사회체육학과 사무실 앞에 있는 공고 게시판을 보면서 취미로 할 수 있고 자격증을 딸 수 있는 수업을 신청했다. 그중에는 테니스 수업이 있었고 수업을 듣고 난 후에는 테니스 심판 자격증을 딸 수 있는 기회가 있었다. 그리고 댄스 스포츠 과목도 수강하고 수영 과목도 수강을 했다. 가장 기억에 남는 수업은 레크리에이션 2급 자격증반이었다.

친한 친구 몇 명과 함께 레크리에이션 수업을 들었는데 처음부터 끝까지 왜 그렇게 웃기고 재미있던지 이론 수업도 재미있었지만 실기 수업은 더욱더 재미있었다. 나는 어린 시절에 교회에서 형들에게 기타를 배웠는데, 그게 이 수업에 연결이 될 줄은 꿈에도 몰랐다. 학생들 앞에서 즐거움을 주고 가끔 기타도 치면서 노래도 부르니 온갖 긍정의 에너지가 살아나고 평생 이렇게 살고 싶다는 생각을 했다.

그 경험 덕분에 직장 생활을 하면서도 크고 작은 회식이나 모임, 송년회, 시무식 등의 사회는 도맡아 하게 되었다. 회사의 상품 런칭 행사 때는 2부 행사를 진행하면서 일본어와 영어를 적절히 사용하면서 사회를 봤던 가슴 뛰는 추억도 있다.

참 감사하게도 회사를 다니면서 한 부서만이 아닌 여러 부서에서 다양한 직무를 경험하게 되었고 적게는 두 명의 직원에서 많게는 130명의 직원과 한 부서에서 근무한 적도 있다. 100명이 넘는 부서에서 근무했을 때는 무척이나 일도 많고 바쁘게 생활을 했던 것 같다.

나에게 주어진 가장 큰 업무 중에 하나는 바로 한 달에 한 번씩 있는 부서 회식이었다. 나는 수년간 회식을 담당했고 인원이 많다 보니 웬만한 식당에서는 그 많은 인원을 수용하지 못했다. 다른 직원들은 마지막 주가 다가올수록 각자의 실적을 달성하기 위해 최선을 다했지만 나는 회식 장소를 찾아다니기 위해 최선을 다했다.

회사 주변에 있는 식당은 모르는 곳이 없었고 한 번 갔던 곳은 될 수 있으면 나중으로 미루거나 새로운 곳을 찾아다녀야 했다. 군대에서 배운 것 중 가장 기억에 남는 명언은 '전쟁에서 실패한 병사는 용서할 수는 있어도 배식에서 실패한 병사는 용서할 수 없다.'라는 말이다. 물론 우스갯소리지만 그만큼 먹는 것이 중요하다는 것이다.

회식 장소를 정하기 위해서는 고려해야 할 것이 몇 가지가 있었다. 가장 중요한 것은 책정된 예산 내에서 부서원 모두에게 최고의 맛과 즐거움을 선사하는 일이었다. 그래서 식당을 선정하고 사전에 음식 맛도 보아야 했다. 예산 관리를 철저히 해야 했으므로 가끔은 식당 사장님의 허락하에 음료수나 주류는 대형 마트에서 미리 사와서 세팅을 하는 경우도 있었다.

한 달 동안 고생한 직원들이 회식 날 만큼은 아무런 스트레스도 받지 않고 원 없이 즐길 수 있는 분위기를 만들어 주고자 최선을 다했다. 한 해를 마무리하는 송년 행사를 준비하면서는 꽤나 유명한 성악가 지인을 초대했다. 주변 지인들의 추천과 특유의 협상 실력으로 좋은 장소에서 행사를 진행할 수 있었다.

그렇게 한 번, 두 번 행사를 준비하고 마치게 되면 주변 동료나 선배님들이 한마디씩 해 주었다. '고생했다'라고…. 이 짧은 한마디가 나에게는 아주 큰 힘이 되었다. 그리고 새로운 별명도 생겼다. 동해 번쩍, 서해 번쩍하면서 여기에 가도 있고 저기에 가도 있다고 하여 홍길동이 아닌 '송길동'이라는 별명을 붙어 주었다.

나는 정말 운도 좋고 복도 많은 것 같다. 이렇게 소중하고 중요한 경험을 할 수 있도록 막중한 임무를 주셨던 나의 상사이자 멘토님들께 어떻게 감사의 마음을 표현해야 할지 모르겠다. 그리고 시간이 많이 지난 지금도 오랜만에 전화를 주는 옛 직장 사람들이 있다. 그때 회식할 때가 생각나서 전화했고, 그때가 참 즐겁고 기억에 난다고 말이다. 그리고 회식을 했던 회사 주변에 식당에 가면 아직도 말씀해 주시는 사장님들이 계시다. 그때 참 즐겁게 음식 준비를 했다고 말이다.

오늘도 나는 즐거운 마음으로 이렇게 말하면서 출근한다.

"송길동이 나갑니다. 길을 비키세요!"

하루가 48시간

직장 생활을 하면서 변하지 않는 답이 두 가지가 있다. 하나는 "내년에 경기가 어떨 것 같아? 내년에는 올해보다 좀 좋아지려나?"라고 물으면 똑같이 내놓는 부정적인 대답이다. 긍정적으로 대답해 주는 사람은 여태까지 직장 생활을 하면서 한 명도 본 적이 없다. 그리고 다른 한 가지는 "이거 했어요?"라고 물을 때 돌아오는 "바빠서 아직 못했어요."라는 대답이다.

누가 나에게 이렇게 두 가지 질문을 한다면 나의 대답도 크게 벗어나지 않을 것이다.

"오늘보다는 내일이 힘들고 어려울 거고 오늘 힘차게 고개를 내밀었던 해가 내일도 뜨기는 하는 걸까요? 오늘보다는 힘들겠죠?"

이런 다소 부정적인 답을 할 것이다. 그리고 "누가 이것 좀 했으면 좋겠다."라는 말도 자주 했다. 내일 시간이 어떠냐고 물어보면 "제가 요즘에 좀 바빠서 힘들 것 같아요."라고 말하거나 이 핑계, 저 핑계를 대며 위기를 모면했다.

그렇게 나태한 생활을 하고 있을 무렵, 대학원 모임에서 산행을 하게 되었다. 천고마비의 계절이라 불리는 가을에 좋아하는 대학원 선후배들과 함께 시원한 물병을 하나씩 나눠 가지고 오손도손 산에 올랐다.

산에 오르는 이유는 여러 가지가 있겠지만 내가 생각하는 산행의 묘미는 뭐니 뭐니 해도 이런저런 살아가는 이야기를 하면서 함께 정상을 향해 올라가는 것이다. 처음에 올라갈 때는 한 선배님과 이야기했고, 중턱쯤 갔을 때는 또 다른 선배님과 이야기를 하면서 올라갔다.

어느 정도 올라가자 산악 대장이 이쯤에서 잠시 쉬었다 가자고 말했다. 우리는 삼삼오오 둘러앉아 방울토마토, 바나나, 오이 등 허기를 달래거나 몸에 영양을 보충하기 위해 집에서 준비해 온 것들을 꺼냈다. "이거 좀 드셔 보세요! 저것도 좀 드셔 보세요!"라고 서로를 챙겨 가면서 즐거운 시간을 보냈다.

주변 정리를 하고 난 후 다시 정상을 향해 산을 오르면서 이번에도 선배님과 이야기를 하면서 갔다. 이야기 주제는 '살아오면서 후회했던 것'이었다. 나와 15살도 넘게 차이 나는 선배님이 먼저 말문을 열었다. 주된 내용은 살아오면서 도전하기보다는 안정된 삶을 선택했고, 긍정적인 말보다는 다소 부정적인 말을 많이 했으며, 어떻게 하면 그 상황을 피해 볼까 핑계를 댄 게 많이 후회된다는 것이었다.

그러면서 "자네는 아직도 30대고 살아온 날보다는 살아갈 날이 많으니 내 나이가 되어서 후회하지 말고 하고 싶은 일이 있으면 자신감을 가지고 도전적인 삶을 살아 보게."라고 하셨다. 그러고는 "될 수 있으면 일부러라도 긍정적인 말을 많이 사용하게."라고 하셨다. 그러면 부정적인 것도 긍정적으로 변한다는 것이다. 선배님의 마지막 조언은 누가 뭐라고 하면 절대로 '바빠서 못했다', '힘들어서 못 했다.'라는 말을 하지 말라는 것이었다.

아무리 지식이 풍부하고 공부를 많이 했어도 살아온 경험에 견줄 수는 없고 경륜을 거스를 수는 없다고 생각한다. 선배님의 말은 하나같이 나에게 피가 되고 살이 되었다. 그중에서도 가장 크게 와닿았던 말은 "절대로 핑계 대지 말고 바빠서 못했다는 말을 하지 말고 살아라."라는 것이다.

산 정상에 오르는 내내 내가 살아온 날들에 대하여 반성하면서도 지금부터는 그렇게 생각하지도 말고 바로 내 삶에 적용해야겠다고 다짐에 다짐을 했다. 그 후로 내 삶은 다시 한번 변하기 시작했다.

회사에서 큰 업무를 하나 해결했다고 해서 다른 일을 잠시 접어두거나 뒤로 미루지 않았고, 이 일도 하면서 동시에 저 일도 같이 했다. 새벽에 일어나 신문도 보고 출근하면서 책도 보고 업무 시간이 끝나면 내가 하고 싶고 배우고 싶은 것들도 했다. 그리고 누가 나에게 어떤 것을 물어보아도 절대로 바쁘다는 핑계는 대지 않았다.

사람 만나기를 좋아하고, 좋아하는 사람을 만나 이야기 나누고 그 사람들과 여행 가고 공부하기를 좋아했다. 이렇게 내가 살아가는 모습을 보고 주변에서는 가끔 나에게 말한다. "하진이에게 하루는 24시간이 아니고 48시간인 것 같다."라고 말이다.

나는 오늘도 나에게 주어진 24시간을 48시간처럼 사용하면서 즐겁게 살아가고 있다. 무엇을 배우고 공부만 하라는 말이 아니다. 세상에는 찾아보면 좋아하고 즐거워할 만한 것이 너무나 많다. 그래서 나는 오늘도 하루를 48시간처럼 즐기면서 살아가고 있다. 선배님께 조언을 들은 이후로….

어디서 많이 본 것 같은데

태권도를 배워서 그런지 원래 타고난 성격인지는 모르겠지만 무언가를 생각하고 하고자 결정했으면 나는 그냥 했고, 안 될 것 같아도 어떻게든 하면서 살았다. 대학원을 다니면서 인연을 맺게 된 손 사장님은 지금도 고마운 나의 멘토(mentor)이자 정신적 지주이다. 회사를 경영하면서 대학원을 다니셨는데, 지금은 박사 학위를 받아 대학원에서 강의도 하신다.

손 사장님은 지금도 만나면 이렇게 말씀하신다.

"목표가 생기면 수단과 방법을 가리지 말고 끝까지 해 봐. 그렇게 하나하나 목표를 이뤄 가다 보면 노하우도 쌓이고 살아가면서 자신감도 생기고 어떤 상황이 발생하더라도 헤쳐 나갈 수 있는 힘이 생겨. 그리고 목표에 도달하기 위해서는 상황에 따라 전술을 바꿀 수는 있어도 전략을 바꿔서는 안 돼."

처음엔 이게 무슨 말인지 이해가 되지 않았다. 내가 그분을

2008년에 만났고 10년이 훨씬 지난 지금까지도 만나면 그 이야기를 하시니 세어 보지는 않았어도 최소한 100번은 더 들은 것 같다. 귀가 따갑도록 말이다.

하루는 회사에서 근무하고 있는데 옆 팀에서 근무하시던 한 팀장님이 잠깐 보자고 하시면서 근처 편의점으로 나를 데리고 가셨다. 그리고 음료수를 사 주시면서 이런저런 이야기를 했다. 회사생활은 어떤지, 취미는 무엇인지, 나의 근황을 물어 주시고 주변을 살펴 주시더니 주옥같은 지침을 내려 주셨다.

"하진이는 인사도 참 잘하고 일도 잘하는데 저녁 시간을 이용해서 공부를 더 해 보는 게 어때?"

이유인즉슨 법무팀에서 근무하는데 법을 제대로 공부하지 않았다는 것이다. 나는 소위 '비(非)법대생'이었는데 회식 자리에서 법무팀장이셨던 손 팀장님께 한마디 하는 바람에 며칠 뒤 법무팀으로 발령을 받아 근무하게 된 것이다.

술을 많이 마시지는 않았는데 그때는 법무팀이 멋있어 보였고, 법무팀에서 근무해 보고 싶었다. 그래서 손 팀장님께 혹시 기회가 된다면 법무팀에서 한번 일을 해 보고 싶다고 말씀을 드렸다. 손 팀장님은 법에 대해서 아는지, 법 공부를 했는지, 형사 고소가 뭐고 민사소송이 뭔지는 아냐고 물으셨다. 나는 법에 대한 답변이 아닌 특유의 친밀감으로 "아는 것은 별로 없지만 시켜만 주신다면 한 시간 일찍 출근하고 두 시간 늦게 퇴근을 하고서라도 그날 배운 건 그날 다소화해서 업무에 최선을 다하겠습니다!"라고 말씀드렸다.

이렇게 말했는데 그게 현실이 된 것이다. 내가 법무팀에서 근무를 하게 될 줄이야. 상상도 하지 못한 일이 벌어졌다. 그날 이후 나는 2년 동안 손 팀장님 옆에서 뒤통수를 맞아 가며 법에 관한 이론보다는 업무에 필요한 실무를 직접 경험하면서 법무 실무에 관한 지식을 습득했다. 무식하면 용감하다고, 경찰서에 가서 형사 고소에 대한 진술을 할 때도 나름대로의 주장을 펼치면서 당당하게 말했다. 회사를 대신하여 민사 재판에 참석해서는 판사님과 상대방 변호사, 피고를 상대로 당당히 준비해 간 자료를 보면서 아주 크게 질문에 대답도 하고 반론도 제기했다.

그렇게 열심히 했는데도 이론에 대한 갈증은 해소하지 못했다. 그래서 나의 사정을 잘 알고 있던 한 팀장님이 안쓰러웠는지 말씀해 주신 것이다. 사실 나는 그 부족한 부분을 채우기 위해 이미 두 번이나 법학 석사 과정에 지원했다. 좋은 결과를 얻지 못해 공부를 하지 못하고 있었다.

내가 지원했던 학교는 법학으로는 꽤나 알아주는 학교였고, 나는 그 학교에서 공부를 하고 싶었다. 아직도 기억에 남는 아픈 추억이 있다. 서류 전형에 접수하고 난 후, 면접시험을 보러 갔는데 면접관으로 들어오셨던 교수님께서 법학 과목에 대하여 이것저것 질문하시더니 마지막에 좀 더 공부도 하고 경험도 쌓고 다시 오는 게 좋겠다고 하셨다. 그게 첫 번째 아픈 기억이었고, 두 번째로 지원했을 때도 같은 말씀을 해 주셨다.

한 팀장님의 진심 어린 조언을 그냥 넘길 수는 없었다. 그래서 마음을 다잡고 새로운 각오로 지원서를 작성했다. 그러고 난 후 다시 면접시험 시간이 다가왔다. 나는 화장실에 가서 크게 심호흡을 하고 옷매무새도 다시 한번 깔끔하게 다듬은 후 면접실로 향했다. 그런데 이게 웬일인가? 이미 두 번이나 면접을 봤던 교수님이 계시는 게 아닌가?

나를 알아보시면 어떡하지? 먼저 아는 척을 해야 하나? 별의별 생각을 다 하던 중 갑자기 교수님께서 나를 힐끔 보시더니 "어? 어디서 많이 본 것 같은데?"라고 말씀하시는 게 아닌가. 이번에는 기필코 합격해서 꼭 하고 싶었던 공부를 해야겠다는 생각으로 나는 아무 일도 없었다는 듯 교수님께 천진난만하게 말했다.

"교수님, 그동안 잘 지내고 계셨어요? 교수님께서 경험을 좀 더 쌓고 오라고 말씀하셔서 그동안 나름대로 공부도 하고 특히나 실무적인 경험을 많이 쌓고 왔습니다. 저는 교수님이 조언해 주신 대로 다 하고 왔으니 이번에는 꼭 이곳에서 공부할 기회를 주셔야 합니다."

조금은 소심하게 그러나 자신감 있게 말씀드렸다. 교수님은 조금은 당황하신 표정을 지으시면서 면접을 진행하셨고 면접이 끝나갈 무렵, 나는 교수님께 꼭 드리고 싶은 말씀이 있다며 1분만 시간을 허락해 달라고 했다. 그러고는 미리 준비했던 말을 했다. 정확히 기억은 안 나지만 "공부를 할 수 있는 기회를 주시면 누구보다 열심히 공부할 것이며, 제가 부족하여 또다시 떨어진다면 합격시켜 주실 때까지 매 학기 지원을 하겠습니다."라는 내용으로 말씀드렸다.

그리고 합격자 발표 당일, 초조한 마음으로 확인한 결과 내 이름이 명단에 있었고 그렇게 하고 싶던 공부를 할 수 있게 되었다. 기회는 준비된 자에게만 오는 것 같지는 않다. 비록 준비가 좀 덜 되었더라도 바르고 성실하게 살아가고자 하는 자신감과 열정이 있으면 기회가 나를 비껴가더라도 내가 그 기회를 잡을 수 있다고 생각한다.

"어디서 많이 본 것 같은데?"라는 교수님의 음성이 아직도 내 마음속에 남아 있다. 그리고 지금은 웃으면서 말할 수 있다.

"두 번 쓰러지고 세 번째 일어난 송하진입니다!"

실패가 뭔데요?

내가 즐겨 보는 <세바시>라는 프로그램이 있다. <세상을 바꾸는 시간, 15분>을 말하는데 수많은 관중 앞에서 강연자가 무대에 나와 살면서 경험한 내용을 중심으로 15분 동안 이야기하는 프로그램이다. 4~50대 강연자가 나와서 이야기하는 경우도 있고 청소년이 나와서 이야기하는 경우도 있다.

각각의 주제로 강연하는 내용을 들어 보면 하나의 공통점을 발견하게 된다. 초반에는 주로 살아오면서 경험했던 이야기로 시작한다. 그러다 중간쯤 가면 그 경험들을 토대로 이렇게도 적용해 보고 저렇게도 적용하면서 살았다는 이야기를 한다. 결론 부분에는 그렇게 살았더니 전화위복이 되어 이만큼 행복하게 살 수 있게 되었다는 이야기를 한다. 행복이라는 단어가 누구에게는 성공으로 표현될 수 있고 누구에게는 꿈을 이루었다는 정도로 표현될 수 있다.

물론 이건 내 나름대로의 해석이지만, 이렇듯 내가 살아 보지 못한 삶에서의 수많은 경험과 지혜를 단 15분 만에 엿볼 수 있으니

이 15분은 최고의 시간이다. 그분들의 경험담을 들으면서 "나라면 과연 저분과 같은 삶을 살 수 있었을까?", "나라면 저렇게 큰 아픔과 시련을 견디면서 해낼 수 있었을까?"라고 자문자답을 해 보고 큰 용기와 지혜도 얻는다.

'등잔 밑이 어둡다.'라고 하지 않던가. 조금의 여유를 가지고 주변을 둘러보면 참 멋지게 살고 있는 사람이 많다. 옷을 잘 입고 좋은 차를 타고 다닌다고 멋지게 사는 것이 아니다. 나름대로의 신념과 가치관을 가지고 온갖 어려움과 고난을 겪으면서 끝까지 해내고야 마는, 그런 멋진 사람이 많다는 것이다. 누가 이렇게 멋진 프로그램을 기획하고 대단한 사람들만 섭외하여 방영했는지는 모르지만 그분들께 참 감사하다.

대부분의 회사에서는 연말이 다가오면 1년 동안 계획했던 목표치를 가지고 얼마나 달성했는지 평가하는 시간을 가진다. 회사 전체의 목표를 먼저 평가하고 그다음에는 본부나 팀 단위로 평가하고 마지막으로 개인에 대한 평가를 실시한다. 만약, 연초에 계획했던 목표보다 초과 달성을 하였다면 승진도 하고 성과에 대한 인센티브도 받을 것이다. 그러나 목표 달성을 못 했다면 그만큼 평가도 안 좋아진다.

누구나 그렇듯이 나도 평가를 잘 받은 적도 있고 생각보다 평가를 잘 받지 못한 적도 있다. 물론, 모든 일은 사람이 계획하고 평가하기 때문에 그 평가가 정확한 건지 아닌지는 알 수 없지만 생각해 보면 평가를 잘 받은 사람은 이유가 있었고 그렇지 않은 사람도 이유가 있었다. 그리고 나는 평가자의 평가가 대부분 정확하다고 생각한다. 내 동료가 평가를 잘 받았을 때는 분명히 그만한 이유가 있었다. 그분들의 이야기를 들어 보면 충분히 <세바시>에서 강연을 해도 될 만큼 고난과 역경을 본인들만의 노력으로 극복한 훌륭한 스토리텔링을 들을 수 있다.

멋진 이야기를 하나 소개하고자 한다. 화려하지는 않았지만 나에게는 최고로 빛나고 눈부신 삶을 살아온, 바로 우리 어머니 이야기다. 어머니는 20년 전쯤에 병원에서 위암 판정을 받으셨다. 의사 선생님은 위암 2기가 진행되었다고 하시면서 수술을 해야 한다고 하셨고 그 후 어머니는 침착하게 수술대에 오르셨다.

개복 수술로 진행했는데 1시간 반 정도 지났을 때 수술실에서 의사 선생님이 나오시더니 우리 가족에게 수술에 대한 설명을 해 주셨다. 우리는 '수술 결과를 말씀해 주시려나 보다.'라고 생각하고 있었는데 의사 선생님의 표정이 어두워지시더니 위암 2기인 줄 알고 수술을 했는데 이미 위에 암이 다 퍼졌다는 것이다. 하늘이 무너지고 땅이 꺼지는 듯했다.

그러면 어떻게 되는 거냐고 물어보니 의사 선생님은 위를 다 잘라 내야 한다고 하시고는 식도와 소장을 연결해서 수술을 마무리해야 한다고 하셨다. 그 말을 듣는 순간 아버지와 누나들, 나까지 모두 울었다. 가족들의 동의를 받고 난 후 의사 선생님은 수술실로 들어가셨고 나는 열심히 기도했다. '제발 우리 어머니를 살려 주세요. 제발 살려 주세요. 무조건 살려 주세요!'라고 말이다.

우리 가족의 간절한 기도를 들어주셨는지 어머니의 수술은 무사히 끝이 났고 지금까지 어머니는 건강히 잘 지내고 계신다. 다만 위가 없어서 20년이 지난 지금까지도 소식을 하신다. 그 일이 있고 난 후 우리 어머니는 예전과는 많이 달라지셨다. 긍정적이시던 분이 '초긍정적'으로 변하셨고 적극적이시던 분이 더 적극적으로 변하셨다.

하루는 어머니께 물어보았다.

"어머니는 몸도 약하신데 어떻게 그렇게 에너지가 넘치는 삶을 사세요?"

어머니는 기다리고 있었다는 듯이 나에게 주옥같은 가르침을 주셨다. 살아가면서 죽을 고비를 경험한 사람은 이렇게 살 수밖에 없다고 말이다. 죽어도 한참 전에 죽었을 몸인데 어떻게 하루하루를 재미없게 살 수 있냐고 말이다. 그러면서 또다시 말씀하셨다.

"아들아! 이렇게 사나 저렇게 사나 사는 건 다 마찬가지다. 세상이 불공평하다고 하지만, 공평한 건 사람은 한 번 태어나서 언젠가는 죽게 된다는 것이다. 그러니 남들이 바라보는 삶을 살지 말고 아들이 하고 싶은 것을 하면서 살아라. 그게 무엇이든지 말이다."

생각해 보면 우리 부모님은 나에게 한 번도 공부하라고 하시지 않은 것 같다. 그리고 내가 무엇을 하고 싶다고 말씀드리면 무조건

해 보라고 하셨다. 그것이 좋은 것이든 나쁜 것이든 해 봐야 안다고 하시면서 말이다.

최선을 다해 열심히 살아왔다고 자신 있게 말은 못 한다. 그런데 가끔 주변에서 나에게 이렇게 질문한다.

"어떻게 그 많은 일을 다 해 보고 살았어? 지금까지 살아오면서 실패한 적은 없었어?"

그러면 지금은 더 당당하게 말씀드릴 수 있다.

"실패가 뭔데요? 성공할 때까지 하는데 실패가 있을 수 있나요?"

그리고 그렇게 마음을 먹고 사니까 결국엔 실패와 성공을 상반된 뜻이 아니라 하나의 뜻으로 해석할 수 있다고 생각하게 되었다.

생각 30%

누구나 아침에 일어나면 물을 먼저 마셔야 하는지 화장실을 먼저 가야 하는지 선택하고 행동하게 된다. 학교에 가거나 출근할 때도 매일 가던 길로 갈 것인지 오늘은 다른 길로 가 볼 것인지 선택한다. 의식적으로든 무의식적으로든 하루에도 수없이 많은 생각을 하게 되고 선택을 해야 한다.

부모님께서 물려주신 유전자로 인해 형성된 선천적 성격으로 살아가는 사람들도 있고 살아가면서 경험하고 배운 것들에 후천적인 영향을 더 많이 받아 살아가는 사람들도 있다. 선천적인 영향인지 후천적인 영향인지를 정확히 구분할 수는 없지만 나는 후천적인 영향을 더 많이 받고 자란 것 같다.

하루의 일과를 본격적으로 시작하기 전에 나는 신청해 놓은 메일링 서비스를 통해 '고도원의 아침 편지'나 '행복한 경영 이야기' 등 오늘 하루를 제대로 살고자 지혜로운 글을 받아 본다. 사람의 근본적인 마음가짐을 다잡기도 하고 업무에 바로 적용할 수 있는 짧은 메시지를 통하여 사전 연습을 하면서 하루를 시작한다.

1~2분 만에 읽을 수 있는 짧은 글이지만, 글에 담긴 함축된 의미를 파악하고 느끼며 내 삶에 반영하고 실행까지 하려면 적게는 10분에서 많게는 30분까지도 고뇌하며 찾아 가는 혼자만의 시간을 가져야 한다.

수년 동안 이렇게 생활해 왔으니 가슴 깊이 남아 있는 글이 참 많다. 그중에서도 기억에 남는 이야기를 해 보면, '리더는 생각하고 결정을 내릴 때 저마다의 스타일이 있다. 그러나 모든 상황과 정보를 파악해서 100% 확신이 들었을 때에야 판단하고 결정을 내리면 기회를 이미 놓쳤거나 다시는 그 기회가 오지 않을 수도 있다.'라고 했다. 그러므로 '리더는 결정을 내릴 때 너무 완벽한 조사나 정보에 의존하지 말고 약 70% 내외의 정보를 얻었다면 결정을 해야 한다.'라고 했다.

만약, 그렇게 해서 내린 결정이 비록 잘못된 결정이었다고 해도 말이다. 잘못된 결정을 상호 보완을 해서 잘되게 만드는 것이 결정을 늦게 해서 그 기회조차 얻지 못하는 경우보다 낫기 때문이다. 이러한 결정이 절대 쉽지는 않지만 우리가 직장 생활을 하거나 살아가면서 종종 겪게 되는 일들이다.

나의 경험을 예로 들어 보겠다. 학교에 다닐 때, 매 학기 수강 신청 기간에 너무 깊이 생각하거나 충분히 정보를 알아보고 난 후 신청을 하려니 이미 신청 기간이 끝나거나 이미 수강 인원이 다 차서 수강 신청을 못 하기도 했다.

또 한 번은 짝사랑하는 여자아이에게 좋아하는 감정을 어떻게 표현해야 할지 생각에 생각을 거듭한 적이 있다. 어느 장소에서 말하는 게 좋을지, 어떤 옷을 입어야 할지, 우연을 가장해서 말하는 게 좋을지 아니면 당당하게 할 말이 있다며 정면 승부를 하는 게 좋을지 참 많이도 생각했다. 그렇게 오랜 기간 생각을 하던 중 여자 아이가 전학을 가 버리는 경우도 있었고, 다른 친구와 먼저 사귀게 되는 경우도 있었다.

버스가 지나간 다음에 손을 흔들었다고 해서 그 버스가 되돌아오지는 않는다. 기회는 왔을 때 잡아야지, 그 기회가 나를 기다려 주지는 않는다. 생각해 보면 참 많은 기회가 왔었는데 결정을 늦게 하는 바람에 놓치는 경우가 다반사였다.

물론, 결정을 빠르게 내려 그 기회를 잡았다고 해서 그것이 모두 다 좋은 결정이고 결과가 좋다고는 말할 수 없다. 내가 말하고자 하는 바는 빠른 결정으로 잡은 기회로 좋은 결말을 얻으면 좋지만, 설사 그 결정이 나쁜 결과를 가져왔다고 하더라도 멀리 보았을 때는 결코 손해가 아니라는 것이다. 실패했다면 실패의 경험을 얻은 것이다.

그렇게 성공도 해 보고 실패도 해 보며 경험의 횟수가 늘어 간다면 점차 생각의 속도도 빨라질 것이고 그만큼 판단과 결정의 속도도 빨라질 것이다. 복권을 산 사람만이 당첨이 되고 싶다는 꿈을

꿀 수 있는 것처럼 말이다.

선배가 될수록, 직장에서 직급이 올라갈수록 결정을 해야 할 일이 참 많다. 그리고 그 결정으로 인한 결과는 고스란히 책임감과 부담감으로 다가온다. 그래도 결정하면서 살아야 한다. 그것이 올바른 결정이든 올바르지 않은 결정이든 말이다. 똑같이 주어진 시간 안에 결정해야 한다면 누가 결정을 더 많이 했고 누가 경험을 더 많이 했는지에 따라 승자가 결정될 것이다.

나도 올바른 결정만 하고 살았다고 말할 수는 없다. 그러나 그 기회를 잡고 싶어서, 경험을 많이 하고 싶어서 빠른 결정을 하고 살았다. 그리고 지금은 예전에 비해 생각을 30% 정도만 하고 결정하고 있다. 생각을 30%만 하고 사는 게 아니라 그 경험 덕분에 30%의 생각만 해도 대부분의 결정이 잘한 결정이 되기 때문이다.

스펀지의 힘

후천적인 영향을 많이 받고 자란 나는 살아오면서 만난 멘토 군단(mentor group)에 의해 성장했다고 해도 과언이 아니다. 우리 부모님이 들으면 속상할 수도 있지만 항상 일이 바쁘셔서 어릴 때는 주변 친구나 형들, 성인이 되어 사회생활을 하는 동안에는 주변 동료나 선배들의 영향을 많이 받았다.

그렇다고 아무에게나 영향을 받은 것은 아니었고 나름대로 소신은 지키며 살았다. 내가 좋아하거나 존경할 만한 사람이 있으면 그들을 따랐고 그들에게 의지하면서 살았다. 때로는 상처도 많이 받고 배신도 당하면서 살았지만 그 아픔도 나중에는 소중한 경험으로 다가왔다. 그 아픔을 참으며 견디고 또 견뎠더니 이번에는 그렇게 했던 사람들조차 선물이 되어 나에게 다가와 주었고, 지금은 누구보다 든든한 나의 친구이자 후원자가 되어 잘 지내면서 살아가고 있다.

나는 내가 생각해도 참 즐겁게 사는 것 같다. 그 비결이 뭐냐고 물어본다면 여러 가지 할 말이 있지만, 지금은 '스펀지(sponge) 같은 나의 성격'이라고 말하고 싶다. 스펀지는 그릇을 닦을 때도 사용하고 등받이나 베개를 푹신하게 하는 용도로도 쓰인다. 스펀지는 푹신푹신하여 느낌도 참 좋다.

나는 가끔 특강에서 살아온 이야기를 할 때 스펀지를 챙겨 가 사람들에게 보여 주면서 스펀지의 특성을 나의 성격과 비교하여 나만의 스토리텔링을 이어 나간다. 스펀지는 꽉 쥐면 부피가 줄어든다. 꽉 쥔 스펀지를 물에 넣거나 액체 위에 올려놓고 손을 천천히 펴면 스펀지가 커지면서 액체를 빨아들인다. 그 흡수력은 정말 대단하다.

나의 성격을 물어본다면, 스펀지를 생각하면 딱 맞아떨어질 것이다. 위에서 언급했지만 내가 좋아하고 존경할 만한 사람이 있으면 나는 그의 말과 행동을 모조리 흡수하고 심지어 걸음걸이라든지 밥 먹는 행동까지도 따라 하려고 노력한다.

무슨 기자 협회에서 행사를 개최했는데 평소 친하게 지내던 교수님의 소개로 만난 사람이 있다. 그때는 '이 팀장님'으로 만났는데, 지금은 '이 작가님'이 된 나의 소중한 친구 이야기다. 행사장에서 딱 한 번 만났는데 워낙에 유명인사도 많고 나와 같은 일반인도 많았기에 간단한 인사를 하고 서로 명함만 교환하는 정도로 헤어졌다. 그런데 그 후로 그 팀장님이 계속 생각나는 것이었다.

짧은 순간이었지만 행사장에서 행사를 진행하는 모습이 너무 인상적이었고 그렇게 바쁜 와중에도 한 사람, 한 사람에게 깍듯이 인사하는 모습을 본 순간 나는 바로 그분의 팬이 되어 버렸다. 그 장면이 며칠 동안 나를 사로잡았고 나는 용기를 내어 그분께 식사라도 하고 싶다고 연락을 했다.

그렇게 이 팀장님과 인연을 맺게 되었고 직접 만나서 식사를 하고 차를 마셔 보니 역시나 내가 좋아하고 존경할 만한 모든 요소를 다 갖고 계신 분이었다. 2시간 정도 만나서 이야기한 것 같은데 어느 하나 놓치고 싶지 않았고, 나는 그분에 관한 모든 것을 흡수해 버렸다. 한참이 지나고 나서 그분은 훌륭한 작가님이 되셨고 잊지 않고 연락하면서 지금도 친하게 지내고 있다.

앞서 소개했던 장일이 형은 나의 정신적 지주이자 사람 됨됨이를 가르치는 도덕 선생님 같은 분이다. 10년 정도 인연을 이어 가고 있는데, 만나기만 하면 인성에 대해 이야기한다. 어디를 가든 겸손해야 하고 먼저 다가가 인사를 해야 하며 절대로 잘난 척을 하거나 예의에 벗어나는 행동을 해서는 안 된다고 이야기한다. 내 옆에 이렇게 말씀해 주시는 형님이 계신다는 게 얼마나 감사한 일인지 모르겠다. 게다가 나이도 지긋하신데 지금도 도전적인 삶을 살고 계신다. 물론 이 형님의 모든 것을 흡수해 내 생활에도 적용하며 살고 있다.

내 옆에 있는 참 고마운 분들 덕분에 나는 지금도 가슴 뛰는 삶을 살고 있다. 그리고 스펀지와 같은 성격을 갖게 되어서 나는 너무 행복하다. 그리고 세상이 정말 고맙다. 누구에게는 뛰어난 외모와 재능을 주셨고 또 누구에게는 풍부한 재력을 주셨지만 나는 부족해도 내 옆에 훌륭한 분들과 인연을 맺게 해 주셨으니 나는 그분들을 따라 모조리 흡수하면서 살면 된다.

연결하라

'세상은 혼자서 살 수 없다.'라는 이야기는 많이 들어 보았을 것이다. 오래 살지는 않았지만 그래도 지금까지 살아 보니 이 말이 이해가 간다. '혼자 가면 빨리 갈 수 있지만 멀리 가려면 같이 가야 한다.'라는 말도 있다. 그만큼 인생은 혼자보다는 둘이서, 둘보다는 여럿이서 가라는 말이다.

나는 뛰어난 외모를 가진 것도 아니고 훤칠하게 키가 크지도 않다. 그렇다고 머리가 좋아 능력이 뛰어난 것도 아니다. 뭐 하나 내세울 것이 없지만 나는 나를 잘 알기에 일찌감치 세상은 나 혼자 살아갈 수 없다는 것을 깨달았다. 더 솔직히 말하면 나 같은 사람은 혼자서는 절대로 살 수 없다.

그래서 가끔은 나와 관계된 모든 분께 정말로 죄송한 마음이 든다. 혼자서 살아갈 수 없는 인생이기에 무슨 일만 있으면 친구를 찾고 선배를 찾는다. 그리고 결국은 해결한다. 그것이 무엇이든지 말이다. 나는 그래서 행복하고 좋지만, 나에게 시간을 내 주고 신경도 써 주고 함께해 주는 그분들은 전생에 무슨 잘못을 했길래 나를 돌보면서 살아야 한단 말인가?

또 한편으로는 내가 세상을 너무 우습게 보면서 살고 있는지도 모르겠다는 생각이 든다. 살다 보면 하루에도 몇 번씩 크고 작은 일이 일어나는데 이상하게 해결이 잘 된다. 내가 잘해서가 아니라 내 주변 사람들이 그렇게 만든다. 만만하지 않은 삶이 그렇게 쉽게 보이는 것이 내 잘못만은 아닐 수도 있다고 생각한다.

가끔 친구들을 만나면 '뭐 때문에 힘들고, 뭐 때문에 스트레스를 많이 받고 있다.'라고 이야기한다. 그러면 나는 그게 무엇인지 한번 말해 줄 수 있냐고 물어본다. 이야기를 듣고 있으면 또 하나의 공통점을 발견하게 된다. 물론 나만의 생각이겠지만 그건 바로 뭐든지 혼자서 하려고 하고 혼자 해결을 하려고 한다는 것이다.

우리가 알고 있는 유명한 사람 중에는 자수성가로 성공한 사람이 많다. 그런데 그들의 삶도 자세히 들여다보면 처음부터 유명하고 처음부터 성공했던 것은 아니다. 다들 그만큼의 노력과 땀으로 이뤄낸 결과이다. 그런데 우리는 그 내막은 보지 않고 결과만으로 사람을 평가하고 보려는 경향이 있다.

그럼 그들 삶의 성공 비결은 무엇일까? 여러 가지 이유가 있겠지만 그것도 살펴보니 공통점이 하나 있었다. 결코 혼자서 하지 않았다는 것이다. 주변 사람들을 이용하면서 살았다는 뜻이 아니라 서로 연결해 도움을 주고받으면서 상부상조하면서 살아왔다는 것이다. 얼마나 놀라운 일인가? 살아가면서 나와 인연을 맺게 될 사람을 만날 확률은 복권 1등에 당첨될 확률보다 훨씬 낮다고 한다.

모든 것을 다 잘하는 사람은 여태껏 본 적이 없다. 사람마다 조금 더 잘하는 것이 있고 조금 부족한 것이 있을 뿐이다. 우리가 사는 삶은 결코 길지 않다. 그리고 무한정으로 많이 남아 있지도 않다. 그래서 나는 지금도 1분 1초가 아깝다.

이렇게 소중한 나의 시간을 언제까지 하기 싫은 것에 투자하고 부족한 부분을 채우는 데 쓸 것이란 말인가? 재미있는 것, 즐겁고 잘하는 것을 하고 살면 된다. 그리고 부족한 부분은 스트레스를 받아 가면서 하지 말고 연결하면 된다. 그리고 연결하면 놀라운 일이 벌어질 것이다.

4장

자기도취의 힘

세상의 중심은 나다

아내와 맞벌이를 하며 사느라 가족 여행을 자주 가지는 못했다. 아내는 해운 회사에 다녔고 나는 금융 회사에서 근무했는데 서로의 휴가를 맞추는 일이 쉽지 않았다. 게다가 나는 출장이 많은 직업이어서 특히나 더 어려웠다. 그래도 이번 여름휴가는 꼭 같이 가자고 하여 우리는 일주일간 휴가를 맞춰 지리산으로 떠났다. 그때 내가 32살이었던 것으로 기억한다.

오랜만에 아내와 딸들과 함께 여행을 가니 참 행복했다. 서울에서 지리산까지는 차로 약 5시간 정도 걸렸다. 가는 중간중간에 휴게소에 들러 우리 딸들이 좋아하는 호두과자도 사 먹고 시원한 아이스크림도 사 먹으면서 우리만의 휴가를 즐겼다.

지리산에는 '고도원의 아침편지'에서 주관하는 부부 프로그램에 참석했을 때 만난 친구가 살고 있었다. 3박 4일의 만남이었는데 우리는 금방 친구가 될 수 있었고 그 친구의 배려로 휴가도 갈 수 있었다.

지리산 친구네 집에 거의 다 도착했을 무렵, 나의 왼쪽 옆구리가 쓰라리기 시작했다. 갑자기 왜 아파 오는지 이유를 알 수가 없었다. 그러면서 '좀 지나면 괜찮아지겠지.'라고 생각하고 짐을 내리고 있는데 어쩐지 점점 더 아파 왔고, 옷깃만 스쳐도 너무 쓰라리고 아팠다. 그리고 그 자리에서 옆구리를 움켜잡고 쓰러지고 말았다.

친구의 도움으로 병원에 가서 확인해 보니 의사 선생님께서 대상포진이라고 했다. 대상포진이 뭐냐고 물어보니 몸에 면역 기능이 저하되면 나타나는 병으로, 신체 어느 곳에나 나타날 수 있는데 나는 옆구리 쪽에 나타났다고 했다. 그러면서 며칠간 상당히 쓰라리고 아플 거라고 하셨다. 내 나이를 물어 보시면서 "나이도 젊은데 대상포진이 온 걸 보니 몸을 돌보지 않고 함부로 놀린 것 같네요."라고 하시면서 몸을 잘 돌보면서 살아야 한다고 하셨다.

모처럼 가족들과 휴가를 왔는데 하루도 즐겁게 보내지 못하고 병을 얻은 것이다. 아프기도 아팠지만 억울함을 견딜 수가 없었다. 그렇게 아픔은 계속되었고 아내와 아이들이 아파하는 나를 보는 것으로 우리의 여름휴가는 끝이 났다.

그 후로 몇 년 뒤 여행사에 다니는 친구의 도움으로 해외로 가족 여행을 가게 되었다. 아이들을 위해 수영도 할 수 있고 번지 점프도 할 수 있는 장소를 선택했다. 우리는 3박 4일간 즐거운 시간을 보냈다. 그리고 돌아오는 비행기 안에서 또다시 잊지 못할 사건이 발생하게 되었다.

비행기가 하늘로 날아오르고 2시간쯤 지났을 때로 기억한다. 갑자기 오른쪽 발이 부풀어 오르기 시작했고, 시간이 지나자 신고 있던 신발이 들어가지 않을 정도로 부풀어 올랐다. 마치 벌에 쏘인 것처럼 말이다. 그러면서 발이 아파 오기 시작했다.

'이건 또 뭐지? 그렇게 잘 먹고 잘 놀다 왔는데 무엇이 잘못된 거지? 어디에서부터 잘못된 거지?'

원인은 끝내 찾지 못했다.

그렇게 비행기가 착륙했고 나는 아내에게 의지하면서 절뚝거리는 발로 공항을 나왔다. 발은 좀처럼 부기가 빠지지 않았고 무섭기도 하고 아프기도 해서 큰 병원 응급실로 향했다. 의사 선생님은 어디서 부딪힌 적이 있었느냐고 물으시고는 엑스레이를 찍어 보자고 하셨다. 부딪힌 기억이 없는데 왜 이렇게 발이 부풀어 올랐는지 모르겠다고 했다.

의사 선생님은 이것저것 검사를 하시더니 통풍이라고 했다.

"통풍이요? 그건 또 뭔데요?"

"팔이나 다리에 심한 염증이 되풀이되거나 몸에 요산 수치가 높아져서 생기는 병입니다. 바람만 스쳐도 아픈 병이에요."

이게 무슨 날벼락인가? 결국 병원 신세를 지며 치료를 했다.

그 후로도 크고 작은 병을 얻었고 그 덕에 자주는 아니지만 가끔 병원에 의존하는 삶을 살아야 했다. 그리고 나는 이런 상황을 도저히 이해할 수 없었다.

'이렇게 재미나게 살고 즐겁게 사는데 왜 아픈 거지? 나는 담배도 안 피우고 술도 많이 안 마시고 그렇다고 운동도 안 하는 게 아닌데 왜 아픈 거지?'

그러면서 나의 삶을 되돌아보았다. 아내는 하루에 사용할 에너지가 정해져 있는데 그 에너지를 항상 넘치게 사용하니 몸이 남아나겠느냐며 핀잔을 주었다. 아내의 말에 동의하고 싶지 않았지만 그게 정답이었다. 즐겁게 살고, 하고 싶은 것을 다 하고 살았지만 그만큼 몸을 돌보지는 않은 것이다.

하나를 선택하면 하나를 잃게 되고 너무 한 곳에만 몰두하면 다른 한 곳에 소홀해지기 마련이다. 아무리 좋고 비싼 차를 샀다고 해도 쉬지 않고 달리면 고장이 나기 마련이다. 그것이 세상의 이치인 것을 알면서도 모른 척했던 것이다.

그리고 또 한 가지, '너무나 주변을 의식하면서 살지 않았나?'라고 반성했다. 나대로 살면 되는 것을 왜 그렇게 주변을 의식하면서 살았는지 모르겠다. 그러니 아무리 재미있는 것을 추구하면서 살아도 몸이 긴장했던 것이다.

내가 있어야 옆 사람도 있고 세상도 있는 것이다. 내가 없는데 다른 것이 무슨 소용인가? 세상의 중심은 나다. 그리고 내가 있어야 세상도 있다. 그래서 나는 나대로 살아가고 있다. 세상의 중심은 나이기에 말이다.

상대방의 눈을 보고 즉시 표현하라

나만큼 면접을 많이 본 사람도 없을 것이다. 좀 더 자세히 말하면 사회생활을 하면서 나는 면접을 보는 것이 취미가 되어 버렸다. 그리고 그만큼 면접을 보는 실력도 쌓이게 되었다. 면접을 한 번이라도 보았던 경험이 있는 사람은 알겠지만 면접관이 질문을 했을 때 면접자가 아무리 면접관의 질문에 대한 답변을 잘했다고 하더라도 눈을 마주치지 않고 말했다면 그 면접자는 좋은 점수를 받지 못하게 될 뿐만 아니라 합격을 할 확률도 현저히 낮아진다.

우리나라는 동방예의지국으로, 어른이 말할 때 눈을 빤히 쳐다보는 것은 실례라고 배웠다. 그런데 사회에 나가 보니 그건 잘못된 것이었다. 특히나 외국인과의 대화에서 눈을 마주치지 않고 말을 한다면 아무리 말을 잘했다고 해도 그 외국인은 그 말을 신뢰하지 않는다.

유럽계 금융 회사에서 근무를 하던 때였다. 너무나 좋은 분위기에 같이 일하는 직원들도 너무 좋았다. 그렇게 행복한 직장 생활을 하고 있는데 하루는 안부장님이 잠깐 보자고 하셨다. 무슨 일인가 하고 회의실로 들어갔더니 외국인과 대화할 때 한 가지 팁을 주겠다는 것이다.

핀란드분이 사장님이셨고 스웨덴분이 부사장님이셨다. 그래서 업무적으로 영어로 대화할 일이 자주 있었다. 안부장님은 미국에서 유학을 해서 그런지 유창한 영어 실력에 일도 참 잘했다. 그리고 그분은 회사에서 나의 멘토였고 부족한 나를 보살펴 주는 마음씨 고운 형님이었다.

팁이 뭐냐고 물어보니 특히 외국인과 대화를 할 때는 눈을 마주치고 절대로 아래로 보거나 다른 곳을 보면서 말을 하지 말라는 것이었다. 그리고 실제로 외국인들이 그 부분을 지적했다는 것이다. "하진이는 일은 잘하는데 대화할 때 눈을 잘 마주치지 않아서 그 말이 진짜인지 아닌지 잘 신뢰가 가지 않고 자신감도 없어 보인다."라는 것이었다.

안부장님의 말을 듣고 나는 바로 거울을 보면서 눈을 마주치는 연습을 했다. 그리고 주문을 외우기 시작했다.

'세상에서 내가 최고다! 내가 상대하는 사람이 누구라도 나는 무슨 말이든 할 수 있고, 내 생각을 자신 있게 표현할 수 있으며 상대방보다 내가 더 최고다!'

이렇게 반복하여 주문을 외우고 또 외웠다. 그리고 바로 실전에 적용하여 지금은 상대방의 눈을 보면서 이야기를 잘 하게 되었다. 그만큼 대화할 때 아이 컨택(eye contact)이 중요하다는 것이다.

물론, 문화의 차이가 분명히 존재하는 것도 사실이다. 상대방의 눈을 보면서 말을 하라는 것은 이렇게 해석하면 좋을 것 같다. '하고 싶은 말이 있으면 조금 떨리더라도 내가 최고라는 생각으로 자신감을 가지고 이야기하고, 본인이 회사에서 하고 있는 일이나 한 일에 대한 결과를 이야기할 때는 너무 겸손하게 말하지 말고 있는 그대로 의사소통을 해라.'라는 것이다. 그게 올바른 의사소통이라 생각한다.

비단 회사만이 아니고 연인 사이나 친구 사이에서도 나를 표현하는 것은 매우 중요한 일이다. 고마운 것이 있으면 고맙다고 표현하고, 미안한 것이 있으면 즉시 미안함을 표현해야 한다. 본인의 감정을 표현하는 것이 서툴러서 표현을 못 하거나 '나중에 표현해야지.'라고 망설이게 된다면 그 시간은 다시는 오지 않을 수도 있다. 그리고 나중에 가서 지금의 그 감정을 표현하려고 하면 서로 간에 소통이 잘 안 되는 경우가 있을 수 있다.

경영학과 수업을 들으면서 만난 선배님이 있었다. 수업 후에는 나와 같이 총학생회 활동도 했는데, 회사 업무에서도 공통된 부분이 있어서 특히나 친하게 지냈다. 그렇게 2년 6개월의 시간이 흐르고 졸업을 하자 우리는 자주 볼 수 없었다.

서로 직장 생활을 하고 있었고 그렇게 먼 거리는 아니었지만 서로 시간을 맞추어 보기가 쉽지 않았다. 그래도 보고 싶으면 가끔 통화를 했고, 마지막에는 "조만간 만나서 식사라도 하자."라고 하면서 전화를 끊었다. 그렇게 오랜 시간이 흘렀지만 우리는 한 번도 만나지 못했다. 그리고 이제는 만나고 싶어도 만날 수가 없는 상황이 되었다.

우리는 수많은 사람과 인연을 맺으면서 살아가지만, 본인이 한 말에 책임을 지면서 살아가기는 쉽지 않다. 인사치레로 말을 했건 진심으로 말을 했건 그것의 차이는 그다지 중요하지 않다고 생각한다. 나는 인사치레로 말한 건데 상대방은 진심으로 알아들었을 수도 있고, 나는 진심으로 말했는데 상대방은 인사치레로 알아들었을 수도 있기 때문이다. 그리고 내가 무심코 뱉은 말 한마디가 상대방에게 크고 작은 영향을 줄 수도 있다.

이제서야 이런 것이 얼마나 중요한지 깨닫게 되었다. 주위를 둘러보고 조용히 생각할 시간을 가져 본다. 그리고 내가 말한 것에 대하여 무심코 지나쳐 버린 적은 없는지 생각해 본다. 지금 만나지 않으면 다시는 그 사람을 못 만날 수도 있고 지금 내 마음을 표현하지 않으면 앞으로 표현할 기회가 없을 수도 있기 때문이다.

어떤 음식이 제일 맛있어?

직장인들은 대부분 이같은 고민을 할 것이다. 오늘 점심은 누구와 무엇을 먹을 것인지 말이다. 물론 구내식당이 있는 경우는 다르겠지만 그렇지 않으면 오전 시간 내내 고민을 해야 한다. 오늘은 옆 팀 과장과 식사 약속을 잡고, 내일은 우리 팀 차장과 식사 약속을 잡으며 김치찌개도 먹고 된장찌개도 먹으러 간다. 만약에 미리 약속을 잡지 못하거나 식사 시간이 늦으면 혼자 먹어야 하는 경우도 있다.

주말이 되면 집에서도 같은 고민을 해야 한다. 충분히 늦잠을 자고 일어나서 아침 겸 점심으로 무엇을 먹어야 하는지 선택해야 한다. 메뉴가 정해졌으면 집에서 만들어 먹는 게 좋을지 아니면 근처 식당에 가서 사 먹는 게 좋을지 또다시 결정을 해야 한다.

살면서 먹고 사는 것만큼 중요한 것이 없으니 당연히 이 정도의 고민은 하는 게 맞는 것도 같다. 오래전 일이지만 기억에 남아 있는 이야기를 하고자 한다. 어느 강연에서 강연자가 세상에서 제일 맛있는 라면이 무엇인지 청중들에게 질문한 적이 있다. 이쪽에서는 ○○라면이 가장 맛있다고 했고, 저쪽에서는 △△라면이 가장 맛있다고 했다. 이렇게 저마다 선호하는 라면 이름을 말했고 강연자는 그다음 말을 이어 나갔다.

"세상에는 맛있는 라면이 많이 있지만 그중에서도 가장 맛있는 라면은 '그대'와 함께 먹는 라면입니다."

순간, 주변에서는 웃음이 터져 나왔고 연인들은 마주 보면서 강연자의 말에 동의한다는 듯한 눈빛을 주고받았다. 강연자가 말한 "그대"의 의미는 사랑하는 가족이 될 수도 있고, 남자 친구나 여자 친구가 될 수도 있다. 아무리 좋아하는 음식이 있어도 내가 좋아하고 사랑하는 사람과 함께 먹어야 맛있다. 반대로, 불편하거나 좋아하지 않는 사람과 함께 음식을 먹게 된다면 아무리 비싸고 맛있는 음식이 있어도 맛없게 느껴질 수밖에 없다.

하루는 집에서 과일을 먹고 있었다. 이에 초등학교에 다니는 딸이 물었다.

"아빠는 과일 중에 어떤 과일이 제일 맛있어요?"

그러면서 사과, 바나나, 딸기 등 자기가 좋아하는 과일 이름을 대기 시작했다. 그리고는 나에게 다시 물어보았다.

"어떤 과일이 제일 맛있어요?"

나는 어떤 과일이 맛이 있다고 말을 할까 잠시 고민하다가 예전에 들었던 그 이야기가 생각나서 딸에게 이렇게 말했다.

"현아와 먹는 과일이 제일 맛있지."

"그거 말고, 무슨 과일이 제일 맛있어요?"

"현아와 먹는 사과, 현아와 먹는 딸기, 현아와 먹는 바나나가 제일 맛있지."

그렇게 다시 말했더니 피식 웃었다. 순간 와이프도 웃고 큰딸도 웃었다. 그 이후로도 우리 가족은 맛있는 음식을 먹으면 가끔 이렇게 대화를 한다. 그리고 이번에는 내가 딸에게 물었다.

"어떤 음식이 제일 맛있어?"

그러면 우리 딸은 잠시도 생각하지 않고 답한다.

"아빠와 함께 먹는 음식이요."

어떻게 보면 말장난을 하는 것 같기도 하고 아무것도 아닌 것 같지만 이 일로 인해 우리 가족은 음식을 먹을 때마다 즐겁고 행복하게 되었다. 그리고 웃을 일보다는 스트레스 받고 힘든 일이 더 많은 요즘, 이 한마디로 인해 웃을 일이 있어서 더 감사하고 행복하다.

나는 지금도 행복하다

행복의 기준이 무엇이냐고 물어봤을 때 정확하게 말할 수 있는 사람이 있을까? 어떤 사람은 맛있는 음식을 먹을 때 행복하다고 하고, 또 어떤 사람은 좋은 차를 타고 있을 때 행복하다고 말할 것이다. 이렇게 저마다 생각하는 행복의 기준이 다르다.

그런데 행복의 기준이 다를지언정 행복의 공통점은 있다. 행복을 같이 나누고 누리는 사람 말이다. 그 사람이 가족이 될 수도 있고, 연인이 될 수도 있으며, 친구나 선후배가 될 수도 있다. 아무리 아름다운 장소에 놀러 간다고 해도 혼자서 가는 것보다 좋아하는 사람과 같이 가는 게 좋을 것이다. 좋은 집에 사는 것도 혼자보다는 사랑하는 가족과 함께 사는 게 더 좋고 행복할 것이다.

행복의 요소도 큰 비중을 차지하지만 행복을 함께 나눌, 나와 함께하는 사람이 더 중요하다고 생각한다. 청소년기에는 동네 친구들이 행복의 대상이었고, 직장을 다니면서는 직장 선후배와의 만남이 행복의 기준이 되었다. 그 후 결혼을 하고 나서는 아무리 맛있는 음식을 먹어도, 통장에 돈이 두둑이 쌓여도 사랑하는 가족이 행복을 정하는 최우선 기준이 되었다.

그리고 내가 힘들거나 곤란한 상황에 처해 있을 때 같이 힘들어해 주고 같이 있어 주는 내 친구들과 주변 사람들이 나의 행복의 기준이고 척도이다. 행복을 한마디로 말할 수 없듯이 행복을 정하는 것도 물질이나 물건이 될 수 없다고 생각한다. 누구와 함께하고 누구와 같이 살아가는지에 따라 행복도 정해지는 것이라고 생각한다.

물질적으로 넉넉하지도 않고 배운 지식이 풍부하지도 않지만 나는 지금도 행복하다. 나와 함께하고 나와 같이 가는 나의 사람들이 내 옆에 있기 때문이다.

아무도 관심 없다

질문을 한 가지 하겠다. 다른 나라 사람들이 어떻게 사는지는 잘 모르겠다. 우리나라에 태어나 살아가면서 자기가 진정으로 하고 싶고 원하는 것을 하면서 살고 있는 사람이 있을까? 물론 그렇게 사는 사람이 없다고는 할 수 없지만, 자기가 하고 싶은 것을 하면서 살고 있는 사람이 많지는 않을 것이다. 물론 나도 여기에 포함이 된다.

뉴스 기사나 TV 프로그램에 나오는 인터뷰 내용을 보면 "나는 음악을 하고 싶었는데 부모님이 의사가 되라고 하셔서 의대에 갔다."라고 하거나 "나는 일반 직장에 들어가고 싶었는데 누가 공무원이 최고라고 해서 조금 늦게 사회생활을 시작하더라도 공무원이 되기 위해 시험을 준비하고 있다."라고 하는 사람이 있다.

나도 생각해 보면 어렸을 때 태권도장을 다니면서 태권도를 배우고 땀을 흘리면서 운동하는 게 참 좋았다. 그리고 하얀 도복에 검은 띠를 매고 있는 내 모습을 볼 때면 왠지 모를 자신감도 생기고 스스로에게 반해 흐뭇할 정도였다. 그래서 나는 당연히 고등학교 졸업 후 태권도 학과나 체육학과 등 운동에 관련된 전공을 하고 싶었다. 그리고 대학 졸업 후에는 막연한 생각이었지만 태권도장을 차려서 아이들을 가르치면서 살고 싶었다.

나는 나름대로 내 인생의 방향을 잡고 있었는데, 고등학교 3학년 때 어머니께서 담임 선생님과 상담을 하고 오시더니 내가 생각하고 있었던 진로를 바로 바꾸셨다. 담임 선생님께서 어머니에게 이렇게 말씀하셨다고 한다.

"하진이는 운동보다는 공부를 해서 문과 계열로 가는 게 좋을 것 같습니다."

지금도 생각하면 웃음이 난다. 공부를 열심히 하지도 않았고 인기투표로 반장이 되었을 뿐인데 이제 와서 더 열심히 공부해서 일반 학과로 간다는 게 어불성설이었다. 공부를 안 해도 태권도 학과에 갈 수 있다는 의미가 아니라 나는 공부보다는 몸을 움직여 가며 땀을 흘리고 운동을 하는 게 더 즐겁고 재미있었다는 것이다.

그렇게 내 전공은 바뀌게 되었고 그로 인해 지금은 직장 생활을 하면서 살아가고 있다. 그러나 운동에 대한 미련을 버리지 못해 자주는 아니더라도 지금도 친구가 운영하는 태권도장에 가서 가끔 취미로 땀을 흘리면서 운동을 하고 있다.

주변에 이런 경우도 있다. 고등학교 때 별다른 진로를 정하지 못해 친한 친구를 따라 같은 전공을 선택하거나 나의 호기심과 재능

과는 관계없이 취업이 잘될 것 같은 전공을 선택하여 가는 친구들 말이다. 그렇게 졸업 후에 전공에 맞는 직장을 선택하고 일해도 얼마 가지 못하고 퇴사를 하거나 뒤늦게 하고 싶은 일을 찾아간다.

이렇게 우리는 자의 반 타의 반으로 남의 인생인 것처럼 나의 인생을 살아가고 있다. 나의 의지로 내가 하고 싶은 일만 하고 살아도 아까운 인생인데 말이다.

그런데 우리가 꼭 집고 넘어가야 할 중요한 사실이 하나 있다. 우리는 남을 의식하면서 살아가고 있지만 우리가 의식하는 것만큼 남은 나에게 큰 관심이 없다는 것이다. 내가 어디를 가고, 어느 직장에 다니고, 무엇을 먹고사는지, 무슨 옷을 입고 다니는지 관심이 없다는 것이다.

주말이 되면 한강은 사람들로 붐빈다. 삼삼오오 앉아서 치킨을 먹으며 맥주를 마시는 사람들도 있고, 소형 스피커와 마이크를 준비해서 버스킹을 하는 사람들도 있다. 그리고 멋진 배경에서 사진을 찍는 사람들도 볼 수 있다. 그런데 우리는 지나가다가 그 사람들을 잠깐 볼 수는 있어도 그 사람들이 무엇을 하는지 상관도 없고 관심도 없다.

나는 적극적이고 외향적인 성격으로, 주로 주변 친구나 지인들에게 먼저 연락을 해서 약속을 잡는다. 평일 저녁도 좋고 주말이면 여유로워서 더 좋다. 그런데 그와는 반대로 나에게 먼저 연락을 하는 친구나 지인이 그다지 많지 않다는 것을 느끼게 되었다. 각자 사정이 있고 성향이 있겠지만 내가 주변 사람들을 생각하는 만큼 주변 사람들은 나를 그다지 많이 생각하지 않는 것 같다.

핑계 없는 무덤이 없고 각자 나름대로 사정이 있지만 내가 살아오면서 느낀 한 가지는 분명하다. 지금부터라도 너무 남의 시선을 의식하면서 살지 말아야 한다는 것. 하고 싶은 것이 있으면 하면서 살고, 먹고 싶은 것이 있으면 먹으면서 살고, 가고 싶은 곳이 있으면 가 보면서 살라는 것이다. 그리고 지금부터는 그렇게 살아도 된다. 그래야 나도 행복하고 내 가족, 내 주변 사람들도 행복하다.

화려한 한 방은 없다

사람은 누구나 행복하고 멋지게 살아가고자 노력한다. 나도 항상 행복하고 멋진 삶을 꿈꾸면서 살아가고 있다. 20대 초반에는 직장 상사들을 부러워하면서 회사에서 인정받기 위해 잠을 아껴 가며 새벽에 영어를 배우고, 회사에서는 점심시간을 아껴 가며 처리해야 할 업무에 집중했고, 업무 시간이 끝난 저녁 시간을 이용해 부족한 공부를 위해 학교에 다니거나 인적 네트워크를 쌓으려 여러 가지 모임에도 충실히 참석했다.

그렇게 시간이 흘렀고 행복해지기 위하여 나름대로 계획했던 해피 리스트(happy list)에 밑줄을 그어 가면서 하나하나 목표했던 일들을 이루기 시작했다. 리스트 중에는 '외국인과 자유롭게 대화하기', '5년 안에 1억 모으기', 'MBA 학위 취득' 등 주변 선후배들이 목표하는 것과 비슷한 목표들이 있었다. 그리고 이것들을 하나씩 이루어 나갔다. 그리고 15년이 훨씬 지난 지금에 와서 생각해 보면 감사하게도 목표했던 것의 80%는 달성한 것 같다.

나름대로 열심히 살고 있다고 생각은 하는데 가끔은 지치기도 했다. 살아가면서 절대로 하지 말아야 할 것 중 하나가 남과 나를 비교하는 것인데, 나는 어느 것 하나 잘하는 것이 없고 그렇기 때문에 자격지심도 컸다. 겉으로 표현은 하지 않았지만 끊임없이 남들과 나를 비교해 가면서 살았던 것 같다.

'나는 누구보다 열심히 살았는데 왜 나만 이 모양이지?', '그 친구는 나보다 잘하는 것도 없는 것 같고 열심히 하지도 않는 것 같은데 왜 그 친구가 더 잘되지?' 등등 비교에 비교를 하면서 지치고 힘들 때도 있었다.

더 힘이 빠질 때는 가끔 TV나 뉴스 기사에서 누가 복권 1등에 당첨되어 몇십억 원을 당첨금으로 받았더라는 등 뜻밖에 행운을 얻은 사람들의 이야기를 접할 때였다. 그럴 때면 나는 더 우울해졌고 하늘을 탓하기도 했다. 그러고 나서 꾸준히 복권을 사며 나도 1등에 당첨되고 싶다는 허황된 꿈을 꾸기도 했고, 영어를 몇 개월 공부한 것 가지고 왜 유창하게 말을 못 하는지 신세 한탄을 하기도 했다.

'왜 나에게는 남들과 같은 화려한 한 방이 없을까? 과연 내 인생에 멋진 한 방은 없는 걸까?'라고 스스로 물은 적도 있다. 그런데 행복을 얻고 성공한 사람들은 다 이유가 있었다. 그 사람들은 성공을 위해 누구보다 더 열심히, 최선을 다했기 때문에 화제가 되어 나 같은 일반 사람들에게 화려한 한 방을 소개할 일이 있었던 것이다.

국민 영웅 김연아의 발을 보았는가? 축구 천재 박지성의 발을 보았는가? 그들이 오른 그 자리는 피나는 노력과 꾸준한 연습이 뒷받침하고 있었던 것이다. 어느 분야에서든 그들만큼의 노력과 연습을 한다면 누구라도 화려한 조명 아래 인생의 절정을 장식할 수 있을 것이다.

당연히 나는 내 나름대로 열심히 살아왔고, 지금도 열심히 살고 있다고 생각한다. 그러나 김연아나 박지성이 살아온 삶과 비교한다면 최선을 다해 열심히 살고 있다고 확실하게 대답하지 못할 것이다. 아니, 그렇게 살지 못하고 있다.

인생에 있어 화려한 한 방은 없다. 그 한 방을 가지고 싶다면 누구보다 더 열심히 더 꾸준히 최선을 다해야 한다. 그래야 한다.

스승님을 생각하며

나는 호기심도 많고 배움에 대한 열정이 남달라 배움이 있는 곳이라면 어디든 다녔다. 그리고 지금도 틈만 나면 재미있는 자격증을 취득하거나 세상 구경을 하러 다니고, 법학이나 경제 등 관심이 있는 분야를 배우러 다닌다. 그래서 나에게는 선생님도 많고 스승님도 많다.

선생(先生)의 한자를 직역해 보면 '먼저 선'에 '살 생', 즉 먼저 산 사람이라는 뜻이다. 스승은 국어사전에 '자기를 가르쳐서 인도하는 사람'이라고 쓰여 있다. 가만히 생각해 보면 비슷한 뜻 같지만, 스승은 지식의 전달과 함께 그 지식을 잘 배우고 활용하여 바르고 지혜롭게 살아갈 수 있도록 가르침을 주시는 분이다. 그래서 그 감사한 마음을 기억하기 위해 5월 15일을 '선생님의 날'이 아닌 '스승의 날'이라고 하는 것 같다.

고마운 선생님이자 스승님에게 다음과 같이 나의 마음을 표현한 적이 있다.

스승님은 참으로 빛나는 분이십니다. 그래서 누가 봐도 좋아하지 않을 수 없고 함께하고 싶은 분이십니다. 스승님의 부모님도 스승님과 같이 훌륭하신 분들이시겠지요? 그리고 저는 스승님의 자녀분들도 한번 만나 보고 싶습니다. 훌륭한 부모님 밑에서 자란 자식들은 어떤 모습일지 궁금합니다. 제가 사람한테 관심이 많거든요.

스승님이 너무 완벽하시고 자기관리(self-control)도 철저히 하셔서 가끔은 사람 냄새가 안 나 무섭기도 하지만 부럽고 닮고 싶은 마음이 더 큽니다. 배움에 이끌려 이곳에서 스승님을 만나 인연을 맺게 되어 저는 참 행복합니다.

가끔은 한 집안의 가장으로서 먹고사는 문제를 최우선으로 생각해야 하기에 매월 납부해야 하는 비용과 아이들은 돌보지 않고 배움의 욕구를 채우기 위해 돌아다닌다고 나무라는 주변의 시선 등이 부담스럽기도 합니다. 그리고 제가 나약하고 부족하기에 여전히 그런 상황이 다가오면 시비(是非)가 엇갈리기도 합니다. 그래도 배움에 대한 열정을 포기할 수는 없었습니다.

그리고 가끔 우리 아이들을 보면 친절하게 대해 주시고 가끔은 엄마처럼, 친구처럼 다정하게 대해 주셔서 진심으로 감사드립니다.

스승님도 사람이기에 가끔은 일탈을 꿈꾸고 거꾸로 살아 보고도 싶으실 텐데 스승님을 볼 때마다 처음 뵈었을 때와 같이 그대로여서 참 놀랍기도 하고 대단하시다는 생각이 듭니다.

갑자기 스승님이 생각나서 글로 마음을 표현해 보았습니다.

오늘도 행복한 하루 보내세요.

제자 송하진 드림.

이렇게 보냈더니 스승님께서 잊지 않고 답장을 주셨다.

오늘 날씨가 유난히 화창하다 했는데 바로 이런 행복하고 감사하고 세상 아름다운 언어로 큰 선물을 안겨 준 하진님과 함께해 주시려고 그랬나 봅니다.

늘 마음이 맑고, 해맑고 모두에게 행복 에너지를 가득 안겨 주시는 하진님, 지금도 배움에 소홀히 하지 않고 가족들에게도 너무도 잘하고 계십니다.

험난한 이 세상에 태어난 가장이라는 짐을 지고 누구나 살아가지만 그 또한 수행이니까요.

그로 인해 조금 더 겸손하고 하심(河心: 자기 자신을 낮추고 남을 높이는 마음, 자기의 마음을 스스로 겸손하게 갖는 것)하며 세상에 머리를 조아릴 수 있는 인내를 구비하여 조금도 부족함이 없게 하시기 위한 세상의 뜻 아닌 뜻임을 하진님은 아시기에 늘 사랑하고 감사합니다.

저 또한 너무도 모자라고 부족하고 여리디여린 인간일 뿐입니다. 다만, 좋은 환경에서 좋은 사람들을 만난 복으로 잠시 행복과 감사를 알아 갈 뿐입니다.

모든 것은 마음먹기 나름이고 하진님과 가족은 누가 보아도 정말 행복한 가정입니다.

다시 한번 진심 어린 사랑의 글 감사하고 고맙습니다.

가끔 보고 싶은 사람이 있다. 그리고 가끔 생각나는 것들이 있다. 생각에 그치지 말고 글로 적고 때로는 마음을 표현하면서 산다면 좀 더 따뜻한 마음을 가질 수도 있고 삶이 풍성해지지 않을까 생각한다.

세 명을 찾아라

엄마가 어디 가서 맞고 다니지 말라고 초등학교 때 태권도장을 보내 주셨다. 관장님과 사범님은 품새, 겨루기에 앞서 인내, 극기, 백절, 불굴의 의지를 가르쳐 주셨고 인성 교육을 가장 중요시했다. 덕분에 나는 인사 하나는 최고로 잘한다. 초, 중, 고등학교 시절을 태권도와 함께했다. 열심히는 했으나 발차기뿐 아니라 품새를 할 때도 멋들어진 자세가 나오지 않아 선수단이나 시범단에 들어가지 못했고 중간중간 태권도장에 낼 돈이 없어서 공백기도 있었다.

그래도 운동하면서 흘리는 땀방울과 도복 끝에서 나오는 작지만 짜릿한 그 소리를 잊을 수 없었다. 그리고 도복을 입으면 그냥 좋았다. 내 친구는 내가 하얀 띠였을 때도 검은 띠였고 지금도 검은 띠다. 그리고 지금은 도장을 운영하는 관장님이 되었다.

"남과 같이 해서는 남 이상 될 수 없다."라는 불굴의 정신을 강조하면서 마찬가지로 인성 교육을 최우선으로 아이들을 가르친다.

하루하루 살아가는 게 외롭기도 하지만 즐겁기도 하다. 신은 부족하고 불쌍한 이들을 다 돌볼 수 없어서 엄마, 아빠를 대신 보내 주셨고 그래도 부족한 나에게는 친구들을 많이 붙여 주신 것 같다.

군대에서 고참과 언쟁을 한 적이 있다. '세상에는 좋은 사람이 더 많은가, 나쁜 사람이 더 많은가?'라는 문제였는데, 지금 생각하면 웃음이 나지만 그때는 심각했다. 그래도 세상에는 좋은 사람이 한 명이라도 더 많이 있을 것이다. 아니, 좋은 사람만 있을 것이다.

살아가면서 세 명의 친구만 있어도 성공한 사람이라고 말한다. 그리고 내 주변에 세 명이 아니라 삼십, 삼백 명도 넘는 친구들과 멘토 군단이 있으니 나는 외로워도 슬퍼도 울지 않고 없는 길도 만들어 가며 살고 있다.

그런데 시간이 지나고 나이가 들면서 아무 생각 없이 편하게 만나서 맥주 한잔, 커피 한잔 마실 친구 이름이 떠오르질 않았다. 나와 친구들이 변한 게 아니고 저마다의 상황과 사정이 있을 것이다. 그리고 앞으로 더 그렇게 될 것이다. 이러한 현실이 슬프기도 하지만 그래도 용기와 희망을 가지고 진정한 내 친구 세 명을 찾아봐야겠다. 그 세 명을 말이다!

사진첩을 보았다

사진첩에는 한 장 한 장 저마다의 추억이 담겨 있다.

그리고 그립다.

그리고 보고 싶다.

그리고 고마웠다.

나는

참

행복한 아이였다.

안부

요즘은 보고 싶은 친구에게조차 안부 전화를 하기가 망설여진다.

혹여라도 안 받을까 봐.

바빠서 못 받은 게 아니라

다시는 볼 수 없는 먼 곳으로 가 버렸을까 봐.

그래서 요즘은…

그저 마음속으로 안부를 묻는다.

'내 친구! 힘내'라고 말이다!

5장

Cheer up!

이 세상에 태어난 것은 크나큰 축복이고 행복이다. 그러나 저마다의 이유로 살아가는 게 쉽지만은 않다. 하루하루 살아 낸다는 그 자체만으로도 자기 자신을 대견하고 자랑스럽게 생각하면 좋겠다. 내가 살아가면서 힘들고 지칠 때 나에게 큰 힘이 되어 주었던 노래를 소개하고자 한다.

<아마추어>

프로와 아마추어를 나누는 기준이 무엇일까? 확실하게 말할 수 있는 것은 처음부터 프로가 되는 사람은 없다는 것이다. 누구나 아마추어였을 것이고 꾸준히 하다 보니 프로가 되었을 것이다.

나는 여전히 아마추어로 살고 있지만 프로가 되기는 싫다. 프로가 될 능력도 없지만 사람이 너무 완벽하면 사는 게 팍팍하고 재미가 없다. 그래서 이승철 형님의 노래 아마추어를 참 좋아한다. 노래도 따라 부르고 가끔 가사를 읽으면서 함축하고 있는 의미를 되새겨본다. 그리고 나의 삶에 반영한다.

이 노래 가사를 읽으면서 오늘도 살아가는 모든 사람이 길을 찾고 꿈을 찾아 용기와 희망을 얻기를 바란다.

살며 살아가는 행복

눈을 뜨는 것도 숨이 벅찬 것도

고된 하루가 있다는 행복을

나는 왜 몰랐을까

아직 모르는 게 많아
내세울 것 없는 실수투성이
아직 넘어야 할 산은 많지만
그냥 즐기는 거야

아무도 가르쳐 주지 않기에
모두가 처음 서 보기 때문에
우리는 세상이란 무대에선
모두 다 같은 아마추어야

지쳐 걸어갈 수 있고
아이 눈을 보며 웃을 수 있고
조금 늦어져도 상관없잖아
그냥 즐기는 거야

아무도 가르쳐 주지 않기에
모두가 처음 서 보기 때문에
우리는 세상이란 무대에선
모두 다 같은 아마추어야

어디로 가야 할지 몰라서

길을 찾아 내 꿈을 찾아서

나의 길을 가면 언젠가

꿈이 나를 기다리겠지

– 이승철, <아마추어> 중에서

<웃어요>

고등학교 때 뉴질랜드로 이민을 간 친구가 있었다. 그리고 그 친구의 SNS 배경 음악을 통해 이 노래를 알게 되었다. 가수 오석준의 <웃어요>라는 노래인데, 리듬이 가볍고 가수가 흥얼거리면서 친근하게 다가온다. 따라 부르기 쉬우면서 가사가 참 좋다.

마치 내 인생을 함축하여 하나의 노래로 만들어 놓은 것 같다. 모두 사는 게 힘들다고 하지만 웃으면서 살았으면 좋겠다.

세상 사람들은 언제나
삶은 힘들다고 하지만

항상 힘든 것은 아니죠
가끔 좋은 일도 있잖아요.

웃어요 웃어 봐요
모든 일 잊고서

웃어요 웃어 봐요
좋은 게 좋은 거죠

외롭다고 생각 말아요
혼자 살다 혼자 가는 거죠

다시 돌아올 수 없는 것이
그게 바로 인생이에요

(중략)

사랑하고 미워했던
많은 일들이

다신 돌아올 수 없지만
그냥 그렇게 왔다가

그냥 이렇게 떠나는 거죠
웃어요 웃어 봐요

그게 바로 인생이에요

– 오석준, <웃어요> 중에서

<Show>

내일을 너무 걱정하면서 살지는 않았으면 좋겠다. 그리고 너무 남의 눈치를 보면서 살지도 않았으면 좋겠다. 내 삶의 주인공은 나고 내가 없으면 주변도 없고 이 세상도 없다. 그리고 지금을 살았으면 좋겠다. 지금을 살면 이 순간을 사는 것이고, 지금이 오늘도 되고 내일도 되는 것이다. 꽃미남 가수 김원준의 <Show>는 내가 작아지고 지쳤을 때 다시금 일어나게 해 준다. 내 인생의 주인공은 나니까….

> Show! 끝은 없는 거야 지금 순간만 있는 거야
>
> 난 주인공인 거야 세상이라는 무대 위에
>
> Show! rule은 없는 거야 내가 만들어 가는 거야
>
> 난 할 수 있을 거야 언제까지나
>
> 내 주위를 스쳐 간 그 누군가 말했지
>
> 우리네 화려한 인생은 일 막의 쇼와 같다고

커튼이 내려진 텅 빈 무대 뒷켠엔

오늘도 또 하루를 사는 내가 있는 거야

날 지켜봐 줘 넌 모르는 멋진 내 모습은

늘 가려졌던 거야 이제 너에게 보여 줄게

(중략)

귀 기울여줘 너를 위해 부르던 노래는

늘 묻혀 왔던 거야 이제 너에게 들려줄게

Show! 끝은 없는 거야 지금 순간만 있는 거야

난 주인공인 거야 세상이라는 무대 위에

Show! rule은 없는 거야 내가 만들어 가는 거야

난 할 수 있을 거야 언제까지나 영원히

– 김원준, <Show> 중에서

<웨딩케이크>

살아가면서 누구나 한 번쯤은 사랑하는 사람을 만나게 된다. 사랑하는 사람을 만나서 서로의 감정을 나누고 표현하면서 행복한 시간을 보내다가 결혼하여 즐겁고 행복하게 살기를 바란다.

그러나 사랑하는 사람이 있음에도 불구하고 고백할 용기가 없어서 짝사랑으로 끝나거나 다른 사람에게 그 사랑을 빼앗겨 버리는 경우도 있을 것이다.

인생에는 타이밍이 있다고 생각한다. 사랑하는 사람이 생기거든 누구에게도 양보하지 않았으면 좋겠다. 용기를 내어 고백하고 선한 마음 그대로 사랑하는 감정을 표현하기 바란다. 그리고 절대로 절대로 그 사랑을 놓치지 않기를 바란다.

누구에게나 공평한 한 가지가 있다. 잘난 사람이든, 못난 사람이든 누구에게나 인생은 한 번뿐이다. 한 번뿐인 소중한 인생, 후회없이 살기를 바란다.

가슴 아픈 영화 <세시봉>을 보면 트윈폴리오가 부른 <웨딩케이크>라는 노래가 나온다. 이 노래의 가사를 생각하며 사랑하는 사람이 있거든 절대로 놓치지 않기를 바라는 마음이다.

이제 밤도 깊어 고요한데 창문을 두드리는 소리
잠 못 이루고 깨어나서 창문을 열고 내어다보니
사람은 간 곳이 없고 외로이 남아 있는 저 웨딩케잌
그 누가 두고 갔나 나는 아네 서글픈 나의 사랑이여
이 밤이 지나가면 나는 가네 원치 않는 사람에게로
눈물을 흘리면서 나는 가네 그대 아닌 사람에게로
이 밤이 지나가면 나는 가네 사랑치 않는 사람에게로
마지막 단 한 번만 그대 모습 보게 하여 주오 사랑아
아픈 내 마음도 모르는 채 멀리서 들려오는 무정한 새벽 종소리
행여나 아쉬움에 그리움에 그대 모습 보일까 창밖을 내어다봐도
이미 사라져 버린 그 모습 어디서나 찾을 수 없어
남겨진 웨딩케잌만 바라보며 하염없이 눈물 흘리네
남겨진 웨딩케잌만 바라보며 하염없이 눈물 흘리네

– 트윈폴리오, <웨딩케이크> 중에서

<걱정 말아요 그대>

누구나 지나간 일들을 후회하면서 산다. 그리고 내일을 걱정하면서 산다. 살면 살수록 각박해지고 즐겁고 행복한 일보다는 슬프고 머리 아픈 일들만 생긴다.

삶이라는 게 그런 것 같다. 그래도 너무 걱정을 하면서 살지는 않았으면 좋겠다. 전인권이 부른 이 노래가 구구절절이 마음속 깊이 와닿을 때가 있다. 지나간 것은 지나간 대로 의미가 있을 것이고 너무 걱정하지 말고 살았으면 좋겠다. 그리고 누구보다 자기 자신을 믿고 의지하면서 그렇게 자연스럽게 살았으면 좋겠다.

그대여 아무 걱정하지 말아요

우리 함께 노래합시다

그대 아픈 기억들 모두 그대여

그대 가슴에 깊이 묻어 버리고

지나간 것은 지나간 대로

그런 의미가 있죠

떠난 이에게 노래하세요

후회 없이 사랑했노라 말해요

그대는 너무 힘든 일이 많았죠

새로움을 잃어버렸죠

그대 슬픈 얘기들 모두 그대여

그대 탓으로 훌훌 털어 버리고

(중략)

지나간 것은 지나간 대로

그런 의미가 있죠

우리 다 함께 노래합시다

후회 없이 꿈을 꾸었다 말해요

새로운 꿈을 꾸겠다 말해요

– 전인권, <걱정 말아요 그대> 중에서

에 / 필 / 로 / 그

사는 게 참 재미있다

하루하루가 감사함의 연속이었다. 워낙에 호기심이 많고 세상 모든 게 궁금했다. 이런 나의 성격 때문에 나를 아는 나의 멘토 군단(mentor group)은 그게 무엇이든 나의 호기심을 자극하기에 충분한 것이라면 함께 호기심을 해결해 주고 언제나 나와 함께해 주었다. 모든 감사한 분을 기억하고 싶지만 살아오면서 옷깃만 스쳐 지나간 수없이 많은 분에게도 도움을 받고 삶의 지혜를 얻었다. 그래서 나는 그에 대한 고마움의 보답으로 글을 쓰고 싶었다.

고민하다가 스쳐 지나가듯 나름 멋있는 제목을 생각해 냈다. '내 옆 사람에게 배우는 지혜'라고…. 그리고 초등학생인 딸에게 상황을 설명했다. 그리고 바로 제목이 바뀌었다. '인생은 깡으로 사는 거야'로 말이다. 역시 센스 만점인 딸이다.

아무리 우월한 유전자를 가지고 태어난 사람도 노력하는 사람을 이길 수 없다고 확신한다. 노력하는 사람도 인생을 즐기는 사람을 이길 수 없다.

한 번뿐인 인생, 제대로 즐기고 싶은가? 방법은 단 하나, 밖으로 나가라! 그리고 만나라! 그리고 부딪쳐라!

그것이 무엇이든 경험해 보라고 목소리 높여 말하고 싶다. 그것이 무엇이든…. 이것은 바로 내가 인생을 깡으로 사는 원동력이자 내 옆 사람들에게서 배운 최고의 선물이 되었다. 이 소중한 선물을 이제는 나누고 싶고 돌려주고 싶다. 내가 아는 모든 사람과 나와 같은 사람들에게 말이다. 그리고 한 번뿐인 인생, 제대로 즐기면서 살고 싶은 분들에게 말이다.

뭐 하나 자랑할 것 없고 떳떳하지 못한 나의 인생이지만 어렸을 때부터 지금까지 부모님은 나에게 똑같은 말만 하신다.

"어른을 보면 인사하고 땅에 휴지가 떨어져 있으면 줍고 언제나 감사하면서 살아라."

적어도 40년 이상은 들은 것 같은데 신기하게도 이 말은 들을 때마다 새롭고 신기해서 꼭 마법이 걸려 있는 것 같다. 부모님의 한마디는 지금의 나를 만들어 주었고, 내가 어제도 지금도 내일도 즐거울 수밖에 없는 이유가 되었으며, 나의 인생은 그 한마디에서 출발했다. 사람의 됨됨이를 최우선으로 가르쳐 주신 부모님께 어떻게 감사의 마음을 표현해야 할지 모르겠다.

지금도 나는 아침부터 즐거운 시간을 보내고 있다. 이것도 궁금하고, 저것도 궁금하고, 이것도 해 보고 싶고, 저것도 해 보고 싶다. 그리고 이 사람도 만나 보고 싶고, 저 사람도 만나 보고 싶다. 이러한 나의 끊임없는 호기심으로 인해 하루 24시간은 항상 부족하다. 호기심을 조금이나마 채우기 위해 20대 후반부터 십수 년을 잠자는 시간도 아껴 가며 호기심이 있는 곳에 갔다.

내가 호기심을 채우는 동안 가장 큰 피해를 본 사람은 우리 가족이다. 철없는 남편, 항상 바쁜 아빠를 만나서 외로운 시간을 보내고 힘들어했던 사랑하는 나의 가족에게 진심으로 미안하고 감사하다. 무엇보다 그들에게 사랑의 마음을 표현하고 싶다. 그래도 언제나 내 편이 되어 준 가족에게 무한한 사랑을 전한다.